HEIMBACHER RÜMPCHEN

Die Kirmesmesse auf Hellenthaler Platt (Seite 31 und 32) hat der bekannte Eifeldialekt-Kenner und Autor Fritz Koenn verfasst.

Ursula Wohlfahrt

Heimbacher Rümpchen

Bibliografische Information der Deutschen Nationalbibliothek:
Die Deutsche Nationalbibliothek verzeichnet diese
Publikation in der Deutschen Nationalbibliografie;
detaillierte bibliografische Daten sind im Internet über
http://dnb.dnb.de abrufbar.

Umschlaggestaltung: **Ulrike Dümmer**

Herstellung und Verlag: BoD – Books on Demand,
Norderstedt

ISBN: 9783746061504

Rita rieb sich die Hände vor Freude, als sie die E-Mail ausdruckte. Die Redaktion des Hochglanzmagazins „First Class" hatte sie um ein Interview gebeten. In der Septemberausgabe wollte die Fachzeitschrift einen Bericht über die alte Sägemühle in der Reihe

" Traditionsreiche Hotels in der Eifel"

herausgeben. Sie fühlte sich geschmeichelt und legte den Ausdruck auf ihren Schreibtisch. Wo waren nur die alten Unterlagen über das Haus? Sie erinnerte sich an eine Gebäckdose mit dem Bild vom Nürnberger Christkindlmarkt auf dem Deckel. In dieser Dose hatte ihre Mutter Bilder und Dokumente von der Familie und der alten Mühle aufbewahrt. Wo sollte sie die Suche beginnen?

Im Keller stand ein großer Bücherschrank, der mit Kinderbüchern, Spielzeug und altem Kram voll gepackt war. Zwischen zerfledderten Heften und Büchern fand sie tatsächlich die bunte Kiste.

Die Blechdose war so prall mit Bildern und Papieren gefüllt, dass der Inhalt überquoll, als Rita den Deckel öffnete.

Rita durchsuchte den Inhalt der Kiste. Die Bilder legte sie vorerst zur Seite und kümmerte sich nur um die Schriftstücke. Viele Zettel waren in Sütterlin geschrieben, Rita konnte diese Schrift kaum entziffern. Auf einem Zettel standen in äußerst akkurater Schreibschrift die Zutaten für Waffeln, auf der Rückseite war der Vermerk „ von Grete aus dem Bergischen". Heute noch wurden die Waffeln in der alten Mühle nach diesem Rezept gebacken. Rita entdeckte auch eine Rechnung aus dem Jahr 1919 für eine Bierlieferung der Monschauer Felsquell Brauerei. Das war sicherlich die erste Bierlieferung für die Gaststätte.

Interessant war ein Brief von Fritz Onckel an die Spirituosenfabrik Mast in Braunschweig, datiert vom 2. Oktober 1942:

„Ich gebe mich der Hoffnung hin, dass Sie meinen Wunsch erfüllen können. Es wäre mir dann vergönnt, meinem Sohn, der in Kürze seinen ersten Wehrmachtsurlaub erhält, bei seinem Eintreffen Ihren Kräutertrunk Jägermeister anzubieten. Ergebenst Ihr Thomas Onckel." Wie vorsichtig der Urgroßvater seine Anfrage formuliert hatte, dachte Rita.

Die Antwort war dahinter geheftet und fiel so aus: „ Ich nehme Bezug auf Ihr Schreiben vom 2.d.M. Es tut mir außerordentlich leid, dass ich Ihren Wunsch nicht erfüllen kann. Nach den neu heraus gegebenen Richtlinien des Herrn Beauftragten des Reichsnährstandes für die Trinkbranntwein - wirtschaft ist ausdrücklich darauf hingewiesen, Spirituosen auch zu solchen Gelegenheiten nicht abzugeben. Ich bedaure, Ihnen keinen günstigeren Bescheid geben zu können und zeichne mit Heil Hitler W. Mast."

Ob die Antwort anders ausgefallen wäre, wenn Opa Thomas seinen Brief auch mit Heil Hitler geschlossen hätte?

In diesem Zusammenhang musste die Geschichte stehen, die ihre Großmutter so gern erzählte. Ihr Urgroßvater hatte nämlich daraufhin in Kalterherberg bei Hüllenkremer „Monschauer Els" erstanden, als Medizin für seinen Sohn. Seitdem war der Els das Hausgetränk Nummer 1.

Rita faltete ein vergilbtes Blatt auseinander, sie erkannte die Handschrift ihrer Mutter, die wohl versucht hatte, eine kleine Chronologie über die Alte Mühle zusammenzustellen:

1919 eröffnet Thomas Onckel eine Gaststätte in der alten Sägemühle, die er Onkel Toms Hütte nennt.

1925 richtet er 5 Gästezimmer ein
1929 baut er weitere 10 Zimmer an
1930 übernimmt Sohn Fritz den Betrieb und
   nennt ihn „Alte Mühle"
1975 übernimmt Sohn Thomas die Pension und modernisiert die Zimmer und errichtet einen neuen Wohntrakt mit 40 Betten. Hier endete die Zusammenstellung.

Interessant war das nächste Dokument, die Schenkungsurkunde von Müller Richard Stoffels an Thomas Onckel: Im Jahr 1919 schenkte Stoffels seinem Neffen Thomas die Mühle mit der Bedingung, bis zu seinem Tode in derselbigen wohnen zu können und beköstigt und im Krankheitsfall gepflegt zu werden. Rita stutzte.

2019 wird der Betrieb 100 Jahre alt.

Sie war froh darüber, dass sie die alte Kiste wieder gefunden hatte und bastelte in Gedanken schon mal zu diesem Anlass an einer Festschrift mit Bildern und Texten. Rita wandte sich nun den Bildern zu. Glücklicherweise hatte ihre Mutter einen großen Teil der Bilder mit Namen und Datum versehen, sodass sie zeitlich gut einzuordnen waren. Überrascht war sie von dem Hochzeitsbild ihrer Großeltern. Die Braut trug ein schwarzes Hochzeitkleid mit weißem Schleier. Auf dem Land hielt sich die Tradition, zur Hochzeit schwarz zu tragen länger als in den Städten.

Auf einem Bild aus dem Jahr 1930 stand Opa Fritz stolz neben dem Mühlrad. Die Kastanienbäume im Wirtschaftgarten waren noch klein. Viele Fotos ohne Datum zeigten die Mühle von außen, Innenaufnahmen konnte Rita nur selten finden. Eine Postkarte aus dem Jahr 1952 mit Ansichten der Gaststube und eines Gästezimmer war wohl eines der ersten Prospekte. Zimmer mit fließendem Wasser wurden zu einem Preis von 5,50 DM inklusive Vollpension und Nachmittagskaffee angeboten. 10 Jahre später kostete eine Übernachtung mit Verpflegung schon 12 bis 14 Mark.

.

Rita erinnerte sich noch gut daran, wie sich die bescheidene Pension unter der Leitung ihres Vaters zu dem 4-Sternehotel entwickelt hatte, das sie nun selber führte. Sie lächelte.

2007 war Rolf Tomms als Urlaubsvertretung für den Chefkoch der alten Sägemühle nach Heimbach gekommen. Er wollte nur 4 Wochen bleiben, aber der Koch kam nicht wieder zurück und da sich Rolf in Rita verliebt hatte, blieb er in Heimbach. Rita und Rolf heirateten im Jahr darauf und der alte Onckel übergab den beiden jungen Leuten die Führung des Hotels. Die Heimbacher hatten sich den alten Namen „Tomms Hütte" wieder gewünscht, ein hübsches Wortspiel, aber Rolf und Rita waren der Meinung, dass „ alte Sägemühle Heimbach" die bessere Bezeichnung für ein Hotel der gehobenen Klasse sei. Inzwischen hatte sich das Haus zu einem Geheimtipp für Feinschmecker entwickelt.

Rita presste alle Bilder wieder in die Kiste und nahm sie mit in ihr Büro.

„2019" schrieb sie auf einen Zettel, malte einen dicken roten Kreis um die Zahl und befestigte ihn an ihrer Pinwand.

In zwei Jahren würden sie das hundertjährige Bestehen feiern!!

*****

Als echter Kölner war Rolf Tomms eine Frohnatur. Er gewann schnell die Herzen der Heimbacher und fühlte sich in dem beschaulichen Städtchen wohl. Da viele der örtlichen Vereine die alte Mühle als Stammlokal gewählt hatten, fühlte sich Rolf Tomms verpflichtet Mitglied in einigen Vereinen zu werden, allerdings nur zahlendes Mitglied, denn er liebte Vereinsmeierei nicht. Auch die Sportschützen wollten Tomms zum Clubbeitritt überreden. Ihr Schießplatz grenzte an sein Grundstück, nach dem Training kamen sie regelmäßig zu einem Absacker an seine Theke und umwarben ihn immer aufs Neue. Aber Rolf blieb hart. Als Wehrdienstverweigerer hatte er sich geschworen, nie eine Waffe in die Hand zu nehmen.

Den Männerchor unterstützte er mit seinem hellen Tenor so oft es seine freie Zeit erlaubte, aber bei den Konzerten konnte er nur selten dabei sein.

Rolf war auch Mitglied des Heimbacher Heimatvereins und bekam jeden Oktober die Jahresgabe, ein informatives Buch über die Heimbacher Geschichte. Bei der Lektüre des letzten Bandes war er auf einen Beitrag gestoßen, der ihn faszinierte.

In der Rur gab es in früheren Zeiten eine große Zahl an Elritzen. Die Heimbacher trockneten die kleinen Fische und legten sie in Essig ein. Zum Verkauf wurden die Elritzen in Birkenrinde verpackt und bis nach Aachen und Köln gebracht. Die Städter schätzten sie als Leckerbissen.

Warum den alten Brauch nicht wieder aufleben lassen? dachte Rolf. Aber das war leichter gedacht als getan. In den Bächen und Flüssen rund um Heimbach sah man die kleinen Fische nur noch selten. Die Elritzen standen auf der roten Liste und waren vom Aussterben bedroht. Man durfte sie nicht mehr fischen. Nun gut, man konnte sie im Fischereihandel kaufen, als Forellenfutter oder für einen kleinen Gartenteich, aber bei den großen Mengen, die er für sein Vorhaben brauchte, würde das im Laufe der Zeit zu teuer. Züchten müsste er die Fische schon selber. Aber wie? Er durchsuchte das Internet. Entsprechende Literatur war nicht zu finden.

„Es ist auch eine verrückte Idee, winzige Fische wie vor hundert Jahren zu verkaufen" dachte Rolf und wollte seinen Plan schon aufgeben, als er auf die Matura- Arbeit eines Schweizer Schülers stieß, der eine Elritzen-Zuchtanlage entwickelt hatte.

Das spornte ihn wieder an und er gab sich vier Jahre lang ans Experimentieren mit einem Aquarium. Mit großer Geduld und vielen Rückschlägen war es ihm gelungen, Elritzen zu züchten, allerdings nur in kleinen Mengen. Für sein Vorhaben musste er die Fische hinzukaufen, die er in einem mit engmaschigem Netz geschützten Teil des Mühlbaches hielt.

Jetzt, 2017, konnte er die ersten Rümpchen in seinem Restaurant anbieten. Mit seinen Köchen hatte er raffinierte Rezepturen entwickelt und er freute sich wie ein kleines Kind darauf, seine Kreationen endlich vorstellen zu können. Für die Anschaffung einer Zuchtanlage hoffte er auf eine finanzielle Unterstützung der Stadt und hatte deswegen auch die Herren des Stadtrates zu einer ersten Verkostung eingeladen, die am Samstag, dem 23. Juli stattfinden sollte.

*****

Es war ein sonniger und heißer Tag. Frühmorgens, als die Luft noch angenehm kühl war, machte Rolf wie gewohnt seine Einkäufe beim Großmarkt. Frisches Gemüse und Salat holte er danach bei den Mönchen im Kloster Mariawald.

Pater Bernward, der kleinwüchsige Gärtner, zog den knackigsten Salat, das beste Gemüse und die leckersten Kräuter. Rolf holte seine Kiste aus dem Wagen und ging in den Klostergarten. Der Pater stand an seinem Kräuterhochbeet und zupfte Unkraut. Er sah neben dem stattlichen Koch, der mit seinen fünfunddreißig Jahren schon ein beachtliches Bäuchlein angesetzt hatte, wie ein mickriges Hutzelmännchen aus. Pater Bernward begrüßte Rolf freundschaftlich. Dann pflückte er ein paar Pflänzchen von seinem raren Spanischen Pfeffer und packte sie in Rolfs Gemüsekorb.

„ Das ist sicherlich ein ideales Gewürz für deine Rümpchen, Rolf" meinte er, „probier es aus und berichte mir, wie es mit den Fischen harmoniert. Wenn es passt, opfere ich dir gern mehr von meiner Kostbarkeit."

Rolf freute sich, dass Pater Bernward an seinem Fisch-Experiment interessiert war.

„Vergiss nicht, Bernward, dass heute Abend die erste Verkostung der Rümpchen stattfindet. Du kommst doch?"

„Ich habe den Termin ganz dick in meinem Kalender unterstrichen, bin doch gespannt, wie die alte "neue Spezialität" bei den hohen Herren ankommt Also dann, bis heute Abend."

Der Morgen war so schön, aber die Fahrt von Mariawald nach Heimbach war dennoch kein Vergnügen. Motorradfahrer hatten sich besonders diesen Abschnitt der L249 als Rennstrecke auserkoren und jagten rücksichtslos durch die engen Kurven. Die Überholmanöver waren immer riskant, Rolf musste einmal so scharf bremsen, dass er unfähig war, weiter zu fahren. Am Straßenrand erholte er sich erst einmal von dieser brenzligen Situation.

Die Freude an dem warmen Licht des Sommermorgens, das in den Buchenblättern spielte, war ihm vergangen. Er konzentrierte sich nur noch auf die Straße und war froh, als er unfallfrei zu Hause ankam.

Er fuhr den Wagen auf den Hof hinter dem Hotel, hupte kurz und zwei Azubis kamen sofort aus der Küche um die Kisten auszuladen.

Vom Hof aus konnte Rolf beobachten, wie sein sechs Jahre alter Sohn Peter im Mühlbach die Fische fütterte und ging zu ihm. Herbert (Azubi im dritten Lehrjahr) saß neben Peter und fischte mit einem Käscher Elritzen aus dem Bach. Er sonderte die kleinen gleich aus und warf sie ins Wasser zurück, die Fische, die eine Größe von etwa 10 bis 12 cm hatten tötete er mit einem Schlag auf den Kopf und sammelte sie in einem Eimer.

„Ich werde nie kleine Fische tot machen", empörte sich Peter.

„Glaubst du etwa, dass mir diese Arbeit Spaß macht?", verteidigte sich Herbert.

„Aber ich glaube, dass es den Elritzen egal ist, ob sie von Forellen oder von Menschen verspeist werden."„Ich werde nie, nie die kleinen Fisch essen", protestierte Peter und sein Vater kommentierte die Unterhaltung auf seine Weise mit einem Reim.

„Kinder, hört ich sag euch nur
fressen und gefressen werden
ist doch ein Gesetz auf Erden
in der tierischen Natur."
„Chef, sie müssen für Nachschub sorgen, der Teich ist bald leer gefischt".
Rolf strich seinem Sohn über die Haare bevor zum Hotel zurückging.

Rita, die im siebten Monat schwanger war, saß mit ihrer älteren Schwester Inge im Büro. Inge arbeitete eigentlich in Köln bei einem renommierten Innenarchitekten, kam aber in ihrem Urlaub immer wieder gern in das Hotel, in dem sie aufgewachsen war. Sie waren sehr ungleiche Schwestern, obwohl sie sich wie Zwillinge glichen. Inge war klein und zierlich. Rita war klein und pummelig. Der verträumte Blick ihrer dunkelbraunen Kulleraugen ließ auf ein besonnenes, verträumtes Wesen schließen. Inge hatte hellblaue, quicklebendige Augen, die von Neugier und Unternehmungslust zeugten. Sie war froh, dass ihre jüngere Schwester den elterlichen Betrieb übernommen hatte, weil ihr die Arbeit im Hotel keinen rechten Spaß gemacht hätte.

„Weißt du noch", fragte sie ihre Schwester „wie Vater uns im Forellenkeller gezwungen hat, Forellen zu erschlagen und auszunehmen? Das ist einer der Gründe, warum ich nie das Hotel übernehmen wollte."

„Ich hatte nicht den Mut den Eltern zu widersprechen. Auch ich hätte lieber etwas anderes gemacht als hier Mädchen für alles zu spielen. Aber mittlerweile macht mir die Arbeit sogar Freude. Guck mal, ist das nicht schön?" Für das Geburtstagsessen von Frau Beuscher, die jedes Jahr mit sieben oder acht Damen ihren Geburtstag in der alten Mühle feierte, beklebte Rita gerade die Menükartenumschläge mit Papierblüten. Sie ließ sich immer etwas

Besonderes für die alte Dame einfallen und da sie wusste, dass diese Seerosen ganz besonders liebte, hatte sie in diesem Jahr 3D – Seerosen gebastelt.

„Ganz schön aufwändig die Kleberei", meinte Inge.

Rolf kam pfeifend ins Büro, gab seiner Frau einen Kuss und grüßte Inge mit einem angedeuteten Schmatzer.

„Wie geht's euch beiden bei der Hitze?
Ach, ja, und hier sind die Lakritze."
Rita verputzte jeden Tag eine ganze Tüte Lakritz-schnecken.
„Danke, dass du daran gedacht hast."
„Aber Leber gab es keine,
nicht vom Kalb und nicht vom Schweine."
„Also wird sie heute und morgen von der Karte gestrichen", entschied Rita.
Inge tippte das Geburtstagsmenü.

„ Frau Beuscher sucht sich immer so altmodische Gerichte für ihr Festessen aus", dachte sie und fragte Rolf, wie man Trauttmannsdorf schriebe. Er schaute sich den Bildschirm an.

„Die zwei T, die sind schon richtig
aber auch zwei F sind wichtig."
Inge hängte noch ein zweites F an und sah sich das Wort Trautmannsdorff lange an.
„Komisches Wort" meinte sie, „aber wenn's schmeckt. So fertig. Ist jetzt alles richtig geschrieben?"

Rolf nickte und ging in die Küche. Inge druckte das Menü aus und legte es in einer Mappe unter „Montag" ab.

*****

Zwei Wanderer kamen die Treppe herunter zum Empfang, um ihre Hotelrechnung zu begleichen. Inge rechnete mit den beiden ab.

„Wohin soll es heute gehen?" fragte sie, während sie zwei Fläschchen Eifelgeist unter dem Empfangstresen hervor holte und mit einer bedruckten Banderole versah.

„Herzlichen Dank für Ihren Besuch" stand auf der einen, „Hotel zur alten Sägemühle Heimbach" auf der anderen Seite

„Heute wollen wir bis Hellenthal kommen, dann geht es weiter nach Blankenheim."

„Das ist ganz schön weit bei dieser Hitze."

„Wir nehmen ein Taxi, weil wir noch einen Abstecher nach Monschau machen möchten, von dort aus geht es ja nur noch bergab."

Inge überreichte den beiden die Fläschchen.

„Bitte nicht unterwegs öffnen, der Inhalt ist hochprozentig. Sehr hochprozentig. Alles Gute und auf Wiedersehen."

„Wir kommen ganz sicher noch mal wieder. Es hat uns gut bei Ihnen gefallen. In Ihren Betten schläft man gut. Das ist nicht in jedem Hotel der Fall. Tschüss."

Beim Verlassen des Hotels stießen sie mit einem Herrn zusammen, der ein Jagdgewehr trug. Seine Frau mühte sich mit dem Gepäck ab.

Rita kam aus dem Büro an den Empfang.

„Grüß sie Gott, Familie Schilling. Wie schön, dass sie wieder bei uns sind. Hatten sie eine gute Fahrt?" „Glücklicherweise haben wir im Wagen eine Klimaanlage, die funktioniert."

„Wir haben jetzt einen Waffenschrank, in dem auch unsere Gäste ihre Gewehre deponieren können, da sind sie sicherer aufgehoben als auf dem Zimmer." Inzwischen hatte ein Page Frau Schilling vom ihrem Gepäck befreit.

„Zimmer 17 wie immer?" fragte er.
„Wie immer."
Die Schillings trafen sich dreimal im Jahr mit ihren Jagdfreunden in Heimbach, im Januar zur Wildschweinjagd, jetzt im Juli zur Bockjagd und im Herbst zur Treibjagd. Die Treibjagd mit Hunden war nicht unumstritten, aber für die Jäger der Höhepunkt der Jagdsaison. Die Jagdpächter waren allesamt betuchte Geschäftsleute aus Düsseldorf, Köln und Aachen, die die Jagd als Event mit hohem gesellschaftlichem Wert betrachteten. Schillings gehörten auch dazu.

Um 10 Uhr begann der Küchendienst. Vormittags ging es ruhig zu, denn das Mittagsgeschäft war - außer an Sonn- und Feiertagen - nicht der Rede wert, erst abends brummte der Küchenbetrieb. So konnten die Köche in aller Ruhe ihre Kuchen- und Eiskreationen für das Nachmittagsgeschäft herstellen.

Die alte Sägemühle war für ihre optisch und geschmacklich hervorragenden Torten weit über die Grenzen der Region hinaus berühmt. Das Eis war ebenfalls außergewöhnlich lecker. Rolf Tomms verkaufte kein industriell hergestelltes Eis, sondern bereitete es nach den alten Rezepten seines italienischen Lehrmeisters aus besten Zutaten zu, ohne Zusatzstoffe und künstliche Aromen.

„Chef, komm mal her, probier mal "

Franz schlug gerade die Sahne für eine Pfirsich-Maracuja-Torte. Tomms probierte die Fruchtmischung für die Füllung.

„Die Früchte, ja wie soll ich sagen,
noch etwas Zucker mehr vertragen."
Er naschte mit dem Finger noch etwas von der Sahne und ging dann zu Peter, der mit dem Ausrollen und Backen hauchdünner Fladen beschäftigt war.

Aus Norwegen hatte Tomms die Anregung mitgebracht.

In der Region Troendelag wurde zu einer Suppe aus Lamm- und Rindfleisch „Skjenning" gereicht, ein dünnes Fladenbrot, das während des Backens auf einer Seite mit Zucker und Milch bestrichen wurde. Tomms konnte sich so ein süßliches Brot zu einer deftigen Suppe nicht vorstellen, aber als er es probierte, war er begeistert und die Idee etwas Ähnliches zu seinen Rümpchen zu servieren war geboren. Das war unvergleichlich viel origineller als Toast, Chesterstangen oder Pumpernickel. Wobei Pumpernickel auch nicht verkehrt gewesen wäre.

Mit seinem Konditor Peter kreierte er einen Teig aus gekochten Kartoffeln, Haferflocken, Weizenmehl, Wasser und Salz. Sie bastelten so lange an der Rezeptur herum, bis der Teig sich mühelos dünn ausstreichen ließ und nicht am Backblech kleben blieb. Die dreieckige Form des Skjenning hielten sie bei. Er naschte noch eine frische Ecke des Fladenbrotes und ging dann ins Kühlhaus, wo die Rümpchen in einem Bottich seit 8 Tagen eingelegt waren. 8 Tage war die optimale Zeit für die Geschmacksbildung im Sud. Den Essig dafür hatte Tomms aus einem milden Rotwein von der Ahr und vielen Kräutern, die auf seinen Wiesen wuchsen, zubereitet. Pimpernelle und Thymian waren die wichtigsten Geschmacksgeber.

Tomms konnte den Abend kaum erwarten. Zum ersten Mal würde er die Rümpchen servieren und er war gespannt auf die Reaktion seiner Gäste.

Baron von Bähringen war der alleinige Besitzer des Pegasusverlages in Köln. Neben bekannten Hochglanzmagazinen brachte er auch Prosa und Lyrik heraus sowie das " Kölner Tageblatt", die größte Tageszeitung der Stadt.

Baron von Bähringen und seine Frau kamen schon seit fünf Jahren im Juli zu einer Wellnesswoche nach Heimbach. Die Baronin wäre lieber in einen bekannteren Kurort gefahren, aber die Schützenhalle gleich neben dem Hotel machte den Aufenthalt für sie erträglich, denn sie war eine leidenschaftliche Sportschützin und nutzte den Schießplatz und die Schießstände ausgiebig. Bis zu ihrer Hochzeit war sie Mitglied der deutschen Biathlonmannschaft, einmal hatte sie sogar beim Olympiawettbewerb den vierten Platz erreicht. Jetzt war Schießen nur noch ihr Hobby. Der Baron machte sich nicht viel aus Sport, er trainierte nur aus Liebe zu ihr und das auch nur in Heimbach.

Für ihr Training suchten sie sich die ruhigen Vormittagsstunden aus, weil sie dann den Schießstand für sich alleine hatten.

Sie waren ein eigenartiges Paar. Er war dreiundsechzig, sie neununddreißig. Die Baronin war eine attraktive Frau, hoch gewachsen mit wohl proportionierten Rundungen. Ihr langes blondes Haar hatte sie zu einem Zopf geflochten, den sie zu

21

einem Knoten im Nacken festgesteckt hatte. Ihre Augen strahlten Lebensfreude aus und sie wirkte rundherum glücklich

Der Baron war ein Riese von zwei Metern Länge. Er war sehr hager, fast ausgemergelt. Sein Blick war durchdringend, kalt und herablassend. Mit seinem langen strähnigen Haar, das für sein Alter sehr dicht war, und dem üppigen Bart, der sein Gesicht umrahmte, sah er wie ein ergrauter, grimmiger Löwe aus.

„So, für heute reicht es." Sie packten ihre Pistolen ein. Der Baron wischte sich den Schweiß von der Stirn. Seine Zielscheibe war fast leer, ihre dagegen wies viele Treffer auf.

„Siehste, die kleine Evi schießt auch mit der Pistole besser wie der große Ekki", meinte sie lachend.

„Als", verbesserte der Baron kurz.

„Hä?" fragte sie

„Als, besser als" erwiderte er.

„Ist ja gut, mein Lieber. Ach, ich habe ganz vergessen, dir zu sagen, dass Mimi mich für heute Abend eingeladen hat, weil sie ein Klassentreffen im September plant. Ich möchte gerne noch vor dem Essen nach Frankfurt fahren."

"Das kommt nun wirklich etwas plötzlich", knurrte er.

„Ja, Mimi ist immer sehr spontan. Kann Fritz mich fahren? Du brauchst den Wagen am Wochenende doch nicht, oder?"

Der Baron sah seine Frau überrascht an.

„Zu der Besprechung heute Abend in Aachen werde ich abgeholt. Zieh los, in Gottes Namen, meine kleine Schlange", brummte er ein wenig verstimmt

Wie schnell sie verschwunden ist, dachte er als sein Handy klingelte.

„Ja", meldete er sich kurz und setzte sich auf eine Bank. Baron von Bähringen wurde ganz blass und schwieg eine Weile, es war eine schlimme Nachricht, die er bekommen hatte.

„Wenn es denn sein muss... gleich ... Montag...um neun... in Ordnung."

Die Kirchturmuhr schlug 12 Uhr, als er sich von der Bank erhob und den Schießplatz verließ.

*****

Die Stadt Heimbach und Lars Vogt wollten die weltbekannte Geigerin Maria Mamatko für die Konzerte „Spannungen" in dem alten Jugendstil-Kraftwerk gewinnen. Das Musikereignis fand immer im Juni statt. Zu dieser Zeit hatte die Mamatko aber andere Verpflichtungen, darum verlegten die Veranstalter das Konzert mit der Geigenvirtuosin kurzerhand in den Juli auf die Burg Hengebach.

Das große Konzert sollte am Mittwoch stattfinden und ausgerechnet jetzt erwischte Frau Mamatko eine Magengrippe. Vielleicht war es die Hitze, die ihr zu schaffen machte, vielleicht hatte sie auch etwas Falsches gegessen. Sie legte einen Ruhetag ein.

Im Haus war die Luft so stickig, sie konnte kaum atmen. Auf der luftigen Terrasse des Hotels konnte sie die Hitze besser ertragen. Im Schatten unter den alten Kastanien hatte Frau Mamatko es sich bequem gemacht, ein leichter Wind strich durch die Blätter. Der Mühlbach war nur noch ein spärlich fließendes Rinnsal, aber es reichte aus um, das alte Rad in Bewegung zu setzen. Das Geplätscher des Wassers verstärkte das Gefühl von Kühle und Frische.

Eine junge Bedienung brachte Maria Mamatko Tee und Zwieback.

„Gut dass es Ihnen wieder besser geht, Frau Mamatko. Es wäre ein Desaster für uns, wenn Ihr Konzert ausfiele."

„Eine Kollegin wäre bestimmt für mich eingesprungen."

„Aber die Leute kommen doch nur Ihretwegen nach Heimbach."

„Nun übertreiben Sie mal nicht so", entgegnete die Diva bescheiden.

Baron von Bähringen und sein Redakteur Milger saßen in der Nähe und konnten das Gespräch der beiden Frauen verfolgen. Als die Serviererin zu dem Nachbartisch gehen wollte, lächelte Milger ihr zu, sie lächelte zurück und ging schnell weiter.

„Bedienung", rief der Baron barsch.
Die junge Frau trat zu ihm an den Tisch und erkundigte sich nach seinen Wünschen.
„Eine Schorle."
„Aber gern, Herr von Bähringen."
Im Weggehen murmelte sie: „Bitte. Du Sturkopp!!"
Herr Tomms hatte gesehen, dass der Baron und Milger auf der Terrasse saßen und hatte ganz spontan den beiden Herren Rümpchen als Vorspeise servieren lassen, bevor sie ihr bestelltes Essen bekamen. Er konnte den Baron wegen seiner ewigen Nörgelei nicht leiden, aber gerade deswegen war er auf sein Urteil gespannt.

Von Bähringen beobachtete die Geigerin während er in seinem Essen herumstocherte und endlich ein Fischchen auf seine Gabel spießte. Die Gabel hielt er in der echten Hand, das Messer in der linken.

„Ausgerechnet wir müssen als Vorkoster herhalten", meckerte er.
„Freuen sie sich doch über das kostenlose Essen."
Milger genoss die Fische.
„Das ist was für `nen hohlen Zahn", schimpfte von Bähringen weiter.

„Aber es schmeckt gut. Einfach göttlich", schmatzte Milger.

„Und wenn schon. Der einzige Lichtblick hier in diesem Kaff ist Frau Mamatko." Dann wurde seine Miene heller.

„Ich hab's! Milger merken Sie sich die Überschrift für unseren Artikel über diese gottverdammte Ecke: Große Kunst und kleine Fische. Untertitel: Weite Welt in kleinkarierter Eifel."

Die Serviererin brachte die Schorle, von Bähringen nahm das gar nicht zur Kenntnis.

Tomms hatte ein wenig mit Frau Mamatko geplaudert und näherte sich nun von Bähringens Tisch, während er seine Worte wie gewohnt in Reime fasste.

„Jetzt muss ich noch zu diesem Tische.
Wie schmeckten Ihnen meine Fische?"
„Sie waren köstlich, wirklich köstlich", lobte Milger.
„Die Dinger sind wie Zahnseide zwischen den Zähnen", mokierte sich v. Bähringen.
„Und das Fladenbrot ist eine raffinierte Zugabe", lobte Milger weiter.
„Esspapier mit Zucker", meckerte von Bähringen.
Tomms war verärgert.
„Elritzen sind nun mal nicht größer."
Bähringen hatte sein Besteck beiseite gelegt, Tomms räumte die Teller wortlos ab, weil der Kellner den Hauptgang brachte.

„So Milger, hast du alles notiert? Heute Abend hörst du dir die Mundart-Messe in Hellenthal an und kommst dann wieder hierher zur Vorstellung der kleinen Fische. Ich muss ja zu dem Meeting nach Aachen. Aber halte dich nicht zu lange auf, denn das Rockkonzert am Dom in Köln ist wichtiger und am Montagnachmittag um drei Uhr sehen wir uns hier wieder."

Ohne ein weiteres Wort zu verlieren stand er auf. Im Vorbeigehen grüßte er Frau Mamatko überaus freundlich.

Milger blieb noch eine Weile sitzen und machte sich ein paar Notizen. Als von Bähringen außer Sichtweite war, holte er sein Handy aus der Tasche tippte eine Nummer ein.

*****

„Wie schön, dass ich dich nicht nach Frankfurt sondern nach Köln fahren muss, dann kann ich heute Abend mit meiner Freundin schwofen gehen", freute sich Fritz, der die Baronin chauffierte. Sie kannten sich schon, als sie noch keine Baronin war.

Evi öffnete eine Tupperdose mit Weintrauben und naschte daran.

„Magst du auch eine, Fritz?"

Sie schob ihm eine Traube in den Mund, er küsste ihre Fingerspitzen. „Dein Handy klingelt, Evi."

Evi rieb sich mit einem Taschentuch die Finger sauber und suchte in ihrer Tasche nach dem Handy.

„O, es ist Micha. – Ja es hat geklappt - ich bin unterwegs – du kommst später? Das macht nichts, wir haben ja die ganze Nacht und den Sonntag – Küsschen."

Fritz grinste. „Wenn das dein Alter wüsste!" Evi lachte nur.

In Köln angekommen stieg Evi aus. "Du holst mich dann am Montag so gegen vier Uhr wieder ab. Viel Spaß am Wochenende."

Ihr Handy klingelte wieder. Jetzt rief der Baron an.

„Hallo, meine kleine Schlange, ich finde meine schwarze Kladde nicht. Wohin hast du die gelegt?"

„Sie muss in der Schreibtischschublade liegen."
„Wo bist du jetzt?"
„Wir stehen auf einem Parkplatz an der Autobahn, kurz vor Frankfurt. Du weißt ja, meine schwache Blase."

Eine Kirchturmuhr schlug die volle Stunde und dann dreimal die Zeit.

„Na dann gute Weiterreise nach Frankfurt." Er drückte die rote Taste.

„Diese falsche Schlange", dachte er wütend. Er kannte den Klang der Turmuhr nur zu gut. Der Turm gehörte nämlich zur Bonifatiuskirche, die unmittelbar neben seinem Wohnhaus in Köln stand.

*****

Die Hitze war einer unangenehmen Schwüle gewichen. Vor dem blauen Himmel türmte sich eine Wand aus Wolken auf. Rolf Tomms beobachtete sie. Die Wolkenberge waren noch weit weg, manche waren blaugrau, manche dunkelgrau oder ganz schwarz und dazwischen verteilten sich helle Haufenwolken mit weißen Rändern. Es war ein interessanter Himmel, bedrohlich und doch schön. Die Wand schob sich langsam näher.

Rolf überlegte, ob er es wagen könnte, seinen alltäglichen Spaziergang zu machen, ohne in ein Unwetter zu geraten. Er wollte es wagen. Aber er hatte sich verrechnet. Der Regen kam so schnell, dass er bis auf die Haut nass wurde.

Er zitterte am ganzen Körper. Zuhause duschte er erst einmal, dann genehmigte er sich einen doppelten Whisky. Danach ging es ihm besser.

„Du musst jetzt Ruhe bewahren", sagte er sich immer wieder. „Heute Abend musst du Überzeugungsarbeit leisten, also bleib ganz ruhig."

****

Den beiden Wanderern, die am Morgen in Heimbach zu ihrer Wanderung nach Hellenthal aufgebrochen waren, erging es nicht besser. Sie ruhten sich auf einer Bank am Olefsee aus und beobachteten dabei gespannt den Gewitterhimmel. Von Ferne hörten sie Donnergrollen.

„Die Wolken ziehen schnell", stellte der eine fest, "Lass uns weitergehen, bevor wir in Teufelsküche kommen". Sie packten ihre Flaschen ein und gingen über die Sperrmauer weiter in Richtung Ortsmitte.

Plötzlich kam ein starker Wind auf. Das Donnern wurde lauter, es wurde dunkler und die ersten Tropfen fielen. Bald prasselte der Regen heftiger und es ergossen sich wahre Sturzfluten übers Land. Die beiden rannten und flüchteten schutzsuchend in das nächste offen stehende Gebäude, es war eine Kirche.

Im Vorraum schüttelten sie ihre klatschnassen Jacken aus und trauten ihren Ohren nicht. Einer presste die Finger gegen die Ohren, weil er einen Hörfehler vermutete. Aber er hatte richtig gehört.

Die Messe wurde auf Eifeler Platt gelesen.

Sie betraten den Kirchraum, die Kirche war überfüllt, viele Besucher mussten stehend den Gottesdienst verfolgen. Vor dem mit Blumen geschmückten Altar waren Bierkisten aufgestellt, auf denen Schaufeln und Hacken lagen. In den ersten Reihen saßen junge Männer, die allesamt Jacken des Junggesellenvereins Hellenthal trugen.

Der Pastor forderte seine Gemeinde auf:

„Losse mer jez zesamme baede, wie es Jesus dat sellever geliehrt hat."

Die Gemeinde stand auf und betete:

„Ose jode Vatter em Hemmel,
denge Name wolle mr ihre,
enn noo dengem Jebott wolle mr läeve
wie due et wells so soll alles lofe
em Hemmel onn op dr Erd.
Jaff os all Dahs satt ze eiße
Onn boß nemmieh bües mot oss
Wemmer wedder ärch nexnötzich wore.
Mir sellever wolle och net ze pingelich senn
Wenn anger Löck os jett zewäes jedoon han,
Onn pack os eckesch vass beim Hängkche
Dat mir net op de scheef Bahn jeroode
Onn halt os alles vam Liev, wat os et Läeve suur
Onn schwär mäht."

Der Pastor fuhr fort:

„Jo, jode Vatter, halt os vam Liev all Moläste on Sorje,
dat mir wegger enn Roüh on Fredde
ose däächlije Brassel halde könne on jesonk blieve
an Her on Siel."

Und die Gemeinde fuhr fort:

„Denn due boss jo dr Mächtichs
onn Prächtichs, dr Allerhüets onn Allerbeis

van allher bos enn lewichkeet. Ame."

Der Pastor:
„Dr Här soll mot üch senn."

Die Gemeinde:

„On emmer och mot dir"

Der Pastor:
„Jetz säähn os allemol dä jrueße onn allmächtije Jott,
dr Vatter on dr Sohn onn der Heilije Jeis."
Die Gemeinde:

„Ame."
Der Pastor:
„Nu joot Kirmess fiere onn maht üch düchtich Spaß on Freud."
Die Gemeinde:

„Dr Här hät jäer, wenn mr lache."

Die letzten Worte gingen im Orgelspiel unter. Der Organist spielte zum Abschluss der Messe einen flotten Walzer, unter dessen Klängen die Gemeinde die Kirche verließ, vorweg der Pastor, dann der Junggesellenverein mit Hacken, Schaufeln und Bierkisten.

Milger hatte von der Orgelempore aus den Gottesdienst verfolgt, gefilmt und viele Bilder gemacht. Er schaute auf seine Uhr, viel Zeit hatte er nicht mehr für den letzten und wichtigsten Teil der traditionellen Zeremonie:

Kirmesknochenausgraben.

Vor der Kirche wartete in strömendem Regen das Tambourcorps. Die Musiker mussten schon schlechte Erfahrung mit Regen gemacht haben, denn sie hatten Schirme konstruiert, die man auf den Schultern tragen konnte, sodass Instrumente und Noten geschützt wurden. Jeder der Musikanten trug ein solches Gestell.

Die Dorflinde war nur ein paar Schritte von der Kirche entfernt.

Die Show, die die Junggesellen jedes Jahr beim Knochenausgraben abzog, fiel buchstäblich ins Wasser. Sie holten nur schnell den Knochen aus der Erde und flüchteten mit ihren vollen Bierkisten ins Gemeindehaus.

Milger, der wegen der Mundartmesse nach Hellenthal geschickt worden war, suchte mit dem Pastor Schutz in seinem Wagen und bat den Geistlichen um den Text der Messe auf Eifeler Platt, die er so genial fand. Der Pastor war hocherfreut, dass seine Messe auch bei Fremden Anklang gefunden hatte, noch mehr freute er sich, dass Milger ihn zum Gemeindehaus fuhr und er nicht durch den Regen laufen musste.

*****

Die Rückfahrt nach Heimbach war ein Kampf mit dem Gewitter, die Scheibenwischer konnten die Wassermassen gar nicht schnell genug wegwischen, links und rechts vom Wagen schlugen die Blitze ein und bei jedem Donner erschreckte sich Michael Milger fürchterlich.

„Wenn ich jemals Chef des Verlaghauses werden sollte, dann werde ich meinen Mitarbeitern nicht so unnütze Fahrten zumuten. Stimmt doch, der Baron war in Heimbach, er hätte dieses „Meeting" leicht verlegen können und selber den Vortrag über die Rümpchen anhören können. Mir wäre der Umweg erspart geblieben und ich hätte gleich nach Köln fahren können." Er war richtig wütend.

Weil die Sicht so schlecht war, kam er nur im Schritttempo voran und brauchte eine volle Stunde für die kurze Fahrt nach Heimbach.

*****

Das Gewitter tobte über Heimbach. Es hing dort fest und zog nicht weiter. Dennoch hatten der Stadtrat samt Bürgermeister und seinem Stellvertreter, sowie der Vorstand des Angelvereins sich auf den Weg zur alten Mühle gemacht, um die (kostenlose) Verkostung der Rümpchen nicht zu verpassen.

Tomms hatte die Veranstaltung gut vorbereitet und Flyer gedruckt, die über Elritzen informierten. Neben der Eingangstür zum Vortragsraum hatte er sie ausgelegt. Jeder Teilnehmer fand an seinem

Sitzplatz einen Fragebogen mit zehn Fragen, die er nur mit einem Kreuzchen bei „Ja" oder „Nein" beantworten musste.

Tomms überprüfte in der Küche noch einmal die Verkostungsteller.

„Chef, sollen wir das Fladenbrot für jeden Tisch in einem Körbchen anbieten oder die Scheiben an den Teller legen?" wollte Franz wissen. „Macht doch was ihr wollt", antwortete er unwirsch.

Fritz tuschelte mit einem Azubi: " Was ist denn mit unserm Chef los, der reimt ja gar nicht mehr!"

„Man höre und man staune,
er hat heut schlechte Laune."
„Ach Kinder, wenn ihr wüsstet, wie voreinge-nommen die Leute sind! Aber wir lassen uns nicht unterkriegen."

Im kleinen Konferenzraum hatten die Herren Platz genommen und die Kellner brachten die ersten Teller herein. Pro Portion waren fünf Rümpchen dekorativ auf einem Sellerie-Apfel-Salat angerichtet, umgeben von Kräutern und einem Kranz Rotwein-sud.

Tomms beobachtete die Herren, wie sie die Teller begutachteten und hämische Bemerkungen mach-ten. Er wurde unruhig und verließ den Saal um sich an der Bar mit einem Whisky Mut anzutrinken. Die Stube war gerammelt voll, das Stimmengewirr störte Tomms noch mehr. Seine Frau beobachtete ihn, als er einen dreistöckigen Whisky in einem Zug herunter kippte.

„Was ist los mit dir Rolf, du trinkst doch sonst nicht so früh!!"

„Ach, die hohen Herren nerven mich. Die glauben doch wirklich, dass nur Malerei und Musik Kultur seien und die Fortsetzung von alten Traditionen nichts mit Kultur zu tun habe."

„Das bildest du dir nur ein, mein Lieber, du hast mit deinem Vortrag doch noch gar nicht begonnen und wirst sie bestimmt alle überzeugen. Aber trink jetzt nicht so viel."

Die Verkostung der Rümpchen war beendet.

„Schmeckt ja ganz gut", meinte ein Ratsherr, aber irgendwie sind die Dinger hier nicht zeitgemäß."

„Wir leben doch nicht mehr im Mittelalter", meinte der Bürgermeister Mommser. "Die Idee mit den Rümpchen ist absurd. Mit so kleinen Fischen machen wir uns nur lächerlich."

„Das ist Forellenfutter. Wir können den Forellen doch nicht das Futter wegnehmen."

Sie lästerten weiter und füllten dabei ihre Fragebögen aus.

Tomms bat um Ruhe und begann mit seinem Vortrag. Eine Anrede ersparte er sich.

„Ich hoffe, dass die Verkostung unserer Heimbacher Rümpchen Sie überzeugt hat. Mit diesem Gericht können wir einer alten heimischen Spezialität ein neues Image geben."

Er legte die erste Grafik auf den Beamer und erklärte an Hand der Bilder die Funktion einer großen Elritzenzuchtanlage. „Die Kosten für die Anschaffung einer solchen Anlage amortisieren sich innerhalb eines Jahres." Man verstand schlecht was Tomms erklärte, denn ein lang anhaltendes Donnergrollen übertönte seine Stimme.

Milger betrat den Raum und nahm neben der Eingangstür Platz.

„Mit dieser Anlage könnten wir die Brut ganzjährig professionell aufziehen."

Tomms meinte ablehnendes Gemurmel zu hören.

Ein greller Blitz erhellte den Raum, der Strom schwankte.

„Nicht nur für die Belebung des Fremdenverkehrs wäre die Anlage von Bedeutung. Sie leistete auch einen wichtigen Beitrag zum Naturschutz."

Er legte eine neue Zeichnung ein, die den Kreislauf zwischen Bachmuschel und Elritzen erläuterte.

„Sie sehen hier, wie abhängig die Bachmuscheln von den Elritzen sind."

Es blitzte wieder, unmittelbar danach donnerte es krachend und der Strom fiel aus. Nur die Kerzen auf den Tischen verbreiteten ein schummriges Licht.

Die Kellner brachten weitere Leuchter herein.

„Jetzt ist unsere Kreativität gefragt, um eine neue Heimbacher Spezialität bekannt zu machen. Mit dem Wein ist das ja schon gelungen."

„Aber davon gibt es nur ein paar hundert Flaschen."

„ Ja gut, das Angebot ist eben nur auf eine kurze Zeit begrenzt, aber mit der größeren Zuchtanlage könnten die Rümpchen in ausreichender Zahl das ganze Jahr über gezüchtet und angeboten werden. Und darüber hinaus könnten wir sie zum Erhalt des ökologischen Gleichgewichts in unseren Gewässern aussetzen."

Die Angler unter den Zuhörern fanden Gefallen an diesem Gedanken.

„Wir könnten dann auch wie die Hellenthaler ein Eisvogelprojekt starten."

„Haben wir eigentlich keine anderen Sorgen", warf der Bürgermeister Mommser ein.

„Statt unsere Steuergelder in eine unsinnige Fischzuchtanlage zu stecken, sollten wir das Geld lieber für eine bessere Ausstattung unseres Kinder - gartens ausgeben, oder für die Reparatur der Marktstraße, aber doch nicht für so unnütze kleine Fische."

„Das steht doch auf einem ganz anderen Blatt" erboste sich ein weiterer Angler.

In kurzer Zeit hatten die Zuhörer sich in zwei Lager geteilt, die mehr oder weniger laut ihre Argumente für oder gegen die Elritzen verteidigten.

„Es spricht meines Erachtens viel für den Ausbau der Elritzenzucht", versuchte Tomms die Wogen zu glätten. „Wir könnten damit viel für Heimbach und für die Umwelt tun. Und jetzt, meine Herren, schließen wir besser diese Versammlung und setzen sie fort, wenn wir wieder Strom haben und nicht unter Strom stehen. Ich danke Ihnen, meine Her - ren, und wünsche Ihnen einen guten Heimweg."

Michael Milger blieb bis alle Teilnehmer in der Dunkelheit verschwunden waren und kam zu Tomms.

"Schade, dass sie den Vortrag abbrechen mussten. Ich finde Ihr Konzept sehr viel versprechend. Übrigens, die Rümpchen heute Mittag waren hervorragend. Ich werde einen ausführlichen Bericht über Ihr Vorhaben schreiben. Können Sie mir Informationsmaterial zur Verfügung stellen?"

„Aber gerne, Herr…"

„Milger, Michael Milger"

„Gerne, Herr Milger. Wissen Sie, die Menschen hier halten mich für einen Spinner. Es mag ja sein, dass ich etwas verrückt bin, aber der Wunsch, Elritzen wieder zu einer Spezialität zu machen, lässt mich nicht los. Ich muss es einfach probieren. Ich bin eben ein Mensch, der seine Ideen verwirklichen muss."

„Sie sind ein Idealist, es gibt viel zu wenig Idealisten in unserm Land. Ich werde Sie, so gut ich kann, unterstützen."

„Danke, Herr Milger", Rolf Tomms freute sich sehr, dass er einen Mitstreiter gefunden hatte und gab ihm alle Unterlagen, die er über die Elritzen zu - sammengestellt hatte.

„Hoffentlich können Sie damit etwas anfangen."

„Mit Sicherheit. Aber jetzt muss ich weiter, mein Chef hat mir heute ein dickes Programm aufgebrummt. Gute Nacht. Sie hören von mir."

„Gute Nacht. Danke, dass Sie mir zugehört haben."

Milger verschwand in der Dunkelheit. Das Rockkonzert in Köln wartete - und Evi.

*****

Bei Kerzenschein spülte Rita die letzten Gläser, die Köche hatten Feierabend gemacht und brachten ihr die Küchenschlüssel.

„Im Dunkeln ist gut munkeln" meinte Rita, „kommt noch auf einen Absacker."

Das ließen sie sich nicht zweimal sagen, Franz zapfte für jeden Bier.

Rita trank ein Glas Milch. Mit den ausgefüllten Fragebogen unterm Arm kam Tomms aus dem Saal.

„Mach mir auch ein Kölsch", sagte er zu Franz und schüttete sich einen Whisky ein.

„ Was ist los mit Ihnen, Chef? Sie reimen gar nicht mehr!"

„Der Humor ist mir heute vergangen. Prost!"

Rolf kippte sein Bier schnell herunter und den Whisky hinterher, dann nahm er die ganze Flasche mit und verschwand in seinem Büro. „Hab noch zu tun."

"Und trink nicht so viel", rief Rita ihrem Mann hinterher. Dann kam endlich der Strom wieder.

Tomms sortierte die Fragebögen nach Ja- und Neinstimmen. Der Stapel mit Zustimmungen war nicht einmal halb so hoch wie der mit Ablehnungen. Er konnte sich nicht konzentrieren. Immer spukte das Bild von dem hämisch lächelnden Baron in seinem Kopf herum.

„Hör endlich auf zu grinsen!" sagte er laut, aber die Vision verschwand nicht.

„Hau ab. Geh endlich weg!"

Er schüttete sich ein Glas Whisky ein und leerte es mit einem Zug.

„Hau endlich ab, du Scheusal!"

Tomms schleuderte das leere Glas so fest gegen die Wand, dass es klirrend zerbrach.

Rita wunderte sich über die Geräusche und öffnete vorsichtig die Bürotür. Sie sah, dass die Whiskyflasche fast leer war und wunderte sich nicht mehr über Rolfs Verhalten.

"Du bist ja stockbesoffen."
Rolf stürzte auf sie zu und fing an zu weinen.
„Er will nicht weggehen."
„Wer will nicht gehen?", wollte Rita wissen
„Ja der da!" Rolf zeigte auf die Wand. Er zitterte am ganzen Körper.

„Da ist niemand, Rolf, du siehst Gespenster, weil du betrunken bist."

„Er soll endlich gehen ", lallte Rolf.

„Da ist niemand, mein Lieber. Komm!" Sie führte ihren Mann behutsam ins Schlafzimmer. Er fiel auf sein Bett und erwachte erst am Sonntagabend aus seinem Rausch.

*****

Michael Milger wohnte im 20. Stockwerk eines Hochhauses direkt am Rhein. Von dort aus hatte man einen grandiosen Blick über den Fluss, den Dom und die Stadt. Bei gutem Wetter konnte man sogar das Siebengebirge sehen.

Sein Appartement war keine Luxus-Maisonette, aber komfortabel. An der Süd- und Westseite seiner

Wohnung war eine Terrasse, auf der er sich einen bunten Garten geschaffen hatte. Zwischen Agaven, Engelstrompeten und Oleander hatte er eine Sitzgruppe auf der Südseite eingerichtet, auf der Westseite eine weitere Sitzecke mit Rattanmöbeln. In großen Kübeln wuchsen dort Zimtrinde und Camelien. An der Hauswand rankten Jelängerjelieber, wilder Wein und eine dunkelblaue Clematis hoch. In kleineren Gefäßen blühten Passionsblumen, Duftgeranien und unter einem Amberbaum machte sich Nachtphlox breit. Die kleinen weißen Blüten verströmten erst nach Sonnenuntergang ihren betörend süßen Duft.

Michael sog diesen Geruch mit tiefen Atemzügen ein. Er liebte die Zeit zwischen Tag und Traum, in der das rote und goldene Abendlicht in Blau zerfloss und langsam immer dunkler wurde.

L´heure bleue, die schönste Zeit des Tages.

„Du bist so weich, du gibst von etwas Kunde, von einem Glück aus Sinken und Gefahr in einer blauen, dunkelblauen Stunde und wenn sie ging, weiß keiner, ob sie war", zitierte Micha verzückt beim Anblick des Himmels.

„Was für einen traurigen Schwachsinn erzählst du denn da, Micha", wunderte sich Evelyn.

„Das ist kein Schwachsinn, das ist eine Strophe aus einem Gedicht von Gottfried Benn, der Schlüssel zum Verständnis meines Romans."

„Du schreibst einen Roman? Das hast du mir verschwiegen. Darf ich ihn mal lesen?"

„Später, Liebes, später."

Er öffnete eine Flasche Gewürztraminer-Auslese und schenkte Evi und sich ein Glas ein. Evi nippte an dem Glas.

„Oh, der schmeckt aber gut", lobte sie den Wein. "Ekki trinkt immer nur so saures Zeug, trocken und teuer. Komisch, dass mein Mann noch nicht angerufen hat. Er ist sonst immer so neugierig." Sie spielte mit ihrem Zopf, sodass er sich löste und die lange Haarpracht offen über ihre Schultern fiel. Michael strich liebevoll über ihren Kopf. "Ist doch besser so, dann musst du nicht lügen."

Micha hatte für diesen Sonntagabend vom Sternekoch Robert Lalonga ein dreigängiges Essen kommen lassen. Robert hatte sein kleines Feinschmeckerrestaurant im ersten Stock des Hauses. Eigentlich lieferte er kein Essen „ außer Haus", aber für seinen Freund Micha machte er eine Ausnahme, er konnte die Speisen mit dem Aufzug schnell nach oben transportieren.

Micha hatte sich ein Kressesüppchen, Lammfilet in einer Kräuterkruste und eine Crème bavaroise mit Maraschino kommen lassen. Zum Abschluss gab es Roquefort in einer Williamsbirne.

„ Probier mal den Wein zum Käse", forderte Micha seine Freundin auf. „Der süße Traminer passt hervorragend zu dem scharfen Käse." Evi war skeptisch, aber Micha hatte Recht, beides harmonierte wunderbar zusammen.

Und die Nacht wurde auch wunderbar harmonisch.

*****

Sonntagmorgen frühstückte die Familie Mommser erst sehr spät auf ihrer Gartenterrasse. Das Gewitter in der Nacht hatte die Schwüle vertrieben, die Sonne schien von einem klaren, blauen Himmel, nur ein paar Schönwetterwolken zogen von West nach Ost. „Der Tag wird wieder heiß", nuschelte Herr Mommser, während er sein Frühstücksei schlürfte.

"Wie war es denn gestern in der alten Mühle?" wollte seine Frau wissen. „Naja, das Gewitter hat Herrn Tomms ja einen Strich durch die Rechnung gemacht. Er hat die Veranstaltung abbrechen müssen."

„Und wie haben die Fische geschmeckt?"

„Nun ja, nicht schlecht, aber damit reißt man niemanden vom Hocker. Für Heimbach wäre das nur Negativwerbung. Und stell dir vor, der Tomms will eine Brutmaschine anschaffen und das auch noch mit Geldern von der Stadt. Nein, nein, ohne mich."

"Haben die Fische Gräten?", wollte Fritz, der zehnjährige Sohn der Familie wissen.

„Natürlich haben die Gräten, aber durch das Einlegen in Essig werden die Gräten so weich, dass sie gar nicht beim Essen stören."

Die Sonne war so weit gewandert, dass die ganze Terrasse von ihr beleuchtet wurde und ihr Licht blendete. Fritz fuhr die Jalousie aus. Dann holte er sich noch eine Scheibe vom Sonntagsstuten, bestrich sie dick mit Butter und Honig und verabschiedete sich von seinen Eltern. „Ich geh zu Uwe", sagte er und vertilgte im Weggehen seine Honigstulle.

*****

Wie an jedem Montagmorgen radelte Julietta zu ihrer Arbeit im Hause Bähringen. Der Morgen war trüb und es nieselte leicht Die Zeitung, die sie vom Bahnhofkiosk mitbrachte, war ein wenig nass geworden.

Um acht Uhr begann ihr Dienst. Sie schob ihr Fahrrad in die Garage und war erstaunt, dass der Wagen von Herrn von Bähringen darin stand.

Er hatte gesagt, dass er erst am Mittwoch zurückkommen würde. Deswegen wollte Julietta heute die Gardinen waschen, denn sie mochte nicht so gerne auf die Leiter klettern, wenn der Baron im Raum war und dummen Bemerkungen über ihre kurzen Beine machte.

Noch mehr staunte Julietta darüber, dass auf dem „Ewigen Kalender" in der Diele noch der 23. Juli angezeigt war und nicht der heutige Tag. Der Baron war pingelig genau, er schob das Messingrechteck immer schon in der Nacht auf das neue Datum. Sie zog es auf die „26" und war zufrieden. Vielleicht war er ja doch nicht zu Hause.

Julietta kam aus dem Staunen nicht heraus. Im Salon sah sie Frau von Bähringen zusammen - gekauert in einer Sofaecke hocken. Normalerweise stand sie nie vor neun Uhr auf. Julietta konnte ja nicht wissen, dass Michael Milger seine Freundin erst vor einer Viertelstunde nach Hause gebracht hatte.

Frau von Bähringen tippte immer wieder die Nummer ihres Mannes in ihr Smartphone.

„Ich versuche schon seit Ewigkeiten meinen Mann zu erreichen. Er meldet sich seit Samstag nicht. Ach Julietta, mach mir doch bitte einen ganz starken Kaffee", begrüßte sie ihre Haushälterin.

Die Baronin sieht sehr übernächtigt aus, stellte Julietta fest, als sie in die Küche ging.

Im Flur klingelte das Telefon, Julietta nahm das Gespräch an und brachte Frau v. Bähringen den Hörer.

„Dr. Kurt möchte Sie sprechen."

Die Baronin hörte sich verwundert an, was Dr. Kurt ihr erzählte.

„Davon hat er mir gar nichts gesagt, Herr Doktor. Er verpasst doch sonst nie einen Termin. Vielleicht hatte er auf der Autobahn im Berufsverkehr einen Stau und wird Sie gleich anrufen."

Julietta brachte nicht nur den Kaffee sondern auch zwei Herren herein. Der Ältere war klein und rundlich und sah aus wie ein Beamter, der auf seinen Ruhestand wartete, der Jüngere war groß und schlank.

„Die Herren sind von der Polizei", stellte Julietta sie vor. Die Baronin stand auf und begrüßte sie. Der ältere war Hauptkommissar Weberknecht, der jüngere hieß Kanninenberger und war Oberkommissar

Mein Gott, ist das ein schöner Mann und so was ist bei der Polizei, dachte Frau von Bähringen, sagte aber: "Gut, dass Sie hier sind. Da können Sie gleich eine Suchmeldung aufnehmen. Mein Mann geht seit gestern partout nicht an sein Telefon und sein Arzt vermisst ihn auch."

Der ältere der Polizeibeamten räusperte sich verlegen und wurde ganz sachlich.

„Frau von Bähringen, ich muss Ihnen die traurige Mitteilung machen, dass Ihr Mann heute Morgen tot aufgefunden wurde."

Die Baronin fiel auf das Sofa zurück und wurde kreidebleich. „Das ist nicht wahr", stammelte sie. „Das kann nicht wahr sein"

„Nach den ersten Erkenntnissen hat er sich selbst erschossen, aber ein Fremdverschulden können wir auch noch nicht ausschließen."

Erst jetzt begann Frau von Bähringen zu weinen. Dicke Tränen kullerten aus ihren erschreckten Augen. Es waren keine Tränen der Trauer, sondern Tränen der Wut.

Sie kannte das Testament ihres Mannes und sah ihre finanzielle Sicherheit gefährdet. Der Baron hatte verfügt, dass ihr nach seinem Tod nur eine kleine Rente ausgezahlt werden sollte. Über sein gesamtes Vermögen sollte sie nur verfügen können, wenn sie in den ersten drei Jahren nach seinem Tod enthaltsam lebte und keine sexuelle Beziehung mit einem anderen Mann einginge. Das Vermögen war beachtlich, aber seine Lebensversicherung war Millionen wert. Doch bei Selbstmord würde die Versicherung nicht ausgezahlt. Frau von Bähringen weinte bitterlich.

„Selbstmord?", fragte sie die Beamten. "Das kann nicht sein, mein Mann bringt sich nicht um, niemals. Finden Sie seinen Mörder."

Sie suchte nach einem Taschentuch, fand aber keines, Kommissar Kanninenberger gab ihr ein

Papiertaschentuch, mit dem sie ihre Tränen trock-nen konnte.

„Brauchen Sie Hilfe, Frau von Bähringen, soll ich Ihnen eine seelsorgerliche Betreuung schicken?", fragte Kanninenberger fürsorglich. Die Frau Baronin nickte verneinend.

„Warum vermisst Ihr Hausarzt Ihren Mann?", fragte Weberknecht.

„Er hat vorhin angerufen, weil mein Mann heute Morgen nicht zum vereinbarten Termin gekommen ist. Von diesem Termin habe ich gar nichts ge-wusst."

„Wer ist ihr Hausarzt?"

„Dr. Kurth, ein alter Freund von Ekki. Er wohnt zwei Häuser von uns entfernt, in dem weiß verklinkerten Bungalow gleich neben der Kirche."

Hauptkommissar Weberknecht drängte zum Aufbruch. Er überreichte der Baronin seine Karte. "Rufen Sie mich an, wenn Sie meine Hilfe brauchen, Ich werde Sie informieren, sobald wir mehr herausgefunden haben."

Frau von Bähringen zerknüllte das nasse Taschen-tuch in ihrer Hand, Kommissar Kanninenberger gab ihr ein trockenes und versuchte sie zu trösten. „Machen Sie sich nicht so viele Sorgen, es wird alles gut werden."

Julietta begleitete die Herren zur Tür und nahm den inzwischen kalt gewordenen Kaffee mit.

*****

Dr. Kurth hörte den beiden Beamten aufmerksam zu und nickte zwischendurch nachdenklich.

„Tja, das ist ja eine schlimme Geschichte", sagte er als Kommissar Weberknecht seinen Bericht beendet hatte.

„Ich kannte Ekkehard von der Schule her, er war ein guter Schüler, ein richtiger Streber. Von der Sexta an bis zum Abitur war er immer der Klassenbeste."

Dr. Kurth lächelte verschmitzt. „Nur in Deutsch war ich manchmal besser als er. Das konnte er nicht gut wegstecken, denn schon damals war er davon überzeugt, dass er einmal ein großer Schriftsteller werden würde und er sah in mir einen Konkurrenten. Nun ja, es hat mir seinen Respekt eingebracht, da war ich vor seinen Sticheleien sicher. Wissen Sie, Ekkehard war sehr von sich eingenommen und hatte für seine Mitschüler nur ein mitleidiges Lächeln übrig. Freunde sind wir nicht geworden, aber, wie gesagt, wir haben uns gegenseitig respektiert. Ekkehard war ein Kämpfer, er gab nie auf. Als ich ihm am Samstag den Befund über seinen Krebs mitteilte, machte er einen sehr gefassten Eindruck. Die Krankheit ist zwar schon sehr weit fortgeschritten, aber eine sofortige Behandlung hätte ihm für längere Zeit eine erträgliche Lebensqualität garantiert Das habe ich ihm gesagt und er wollte sich nicht hängen lassen. Das hat er mir versichert."

„Könnte sich Herr v. Bähringen nicht aus Angst vor den Beschwerden im Endstadium umgebracht haben?", fragte Kommissar Kanninenberger.

„Ausschließen kann man das natürlich nicht, aber ich kenne ihn schon lange und glaube nicht, dass er so etwas tun würde. Nein, ein von Bähringen bringt sich nicht um." Dr. Kurth schwieg eine Weile und fügte dann hinzu: „ Allein schon seiner Frau zuliebe würde er es nicht tun."

Sie wechselten noch ein paar Höflichkeitsfloskeln bevor sie sich verabschiedeten.

„Tja, das ist eine schlimme Sache", äffte Kommissar Kanninenberger den Arzt nach.

„Da kommt noch viel Arbeit auf uns zu", meinte Weberknecht , als sie zum Auto zurückgingen.

„ Ich werde hier in Köln recherchieren und du wirst dir, zusammen mit Gerhard, den Tatort noch mal genauer anschauen, vielleicht haben die Kollegen in Heimbach ja ein Detail übersehen."

*****

Jeden Montag um 11 Uhr trafen die Redakteure des Bähringen - Verlags zu einem mehr oder weniger ausgedehnten Arbeitsfrühstück im kleinen Konferenzraum des Verlaghauses zusammen, um bei belegten Brötchen, Plunderteilchen und Kaffee über die Erfolge oder Misserfolge der vergangenen Woche nachzudenken und Themen für die nächsten Ausgaben des Kölner Tageblattes zu besprechen.

Milger erzählte seinen Kollegen vom Wochenende in Heimbach und schilderte mit leiser Ironie die Reaktion seines Chefs auf die Rümpchen - Verkostung. Damit rief er allgemeine Belustigung hervor.

„Ich glaube gerne, dass so kleine Fische nix für unsern Baron sind."

Erwin schüttelte sich vor Lachen.

„Die Idee mit den Winzlingen Geschäfte zu machen ist irre. Das könnte eine gute Story werden", meinte Otto.

„Der Koch setzt sich leidenschaftlich für seine Idee ein", fuhr Milger fort, „er hat wirklich Unterstützung verdient."

„PR ist immer gut, wir jubeln die Geschichte hoch, dass sie ein Erfolg wird ", begeisterte sich Otto.

„Aber Achtung", beschwichtigte Milger „wir sollten das Thema langsam angehen. Erst nur wenig Informationen unters Volk bringen und mit ein paar Geschichten die Neugier schüren. Dann immer wieder in kleinen Beiträgen über die Elritzen berichten, bis wir von unseren Lesern nach Details gefragt werden. Wenn sie erst einmal an der Sache interessiert sind, dann können wir richtig loslegen."

Das Telefon in Bähringens Büro klingelte. Milger nahm das Gespräch an und ließ die Tür hinter sich ins Schloss fallen.

„Das ist bestimmte Evelyn", grinste Erwin." Ob der Baron noch nichts vom Techtelmechtel seiner Frau und Milger gemerkt hat?"

" An Frau Bähringens Stelle würde ich mir auch einen jüngeren, feurigen Liebhaber suchen", entgegnete Otto.

„Woher willst du wissen, dass Milger feuriger ist als der Baron?"

Allgemeines Gelächter.

Leider konnten sie nicht hören, was hinter der geschlossenen Tür besprochen wurde.

Evelyn berichtete ihrem Freund unter Tränen, dass ihr Mann erschossen aufgefunden worden war.

Milger wurde leichenblass und schwieg eine Weile betroffen „ Keine Angst, Liebes. Die Polizei wird den Mörder schon finden."

„Und wenn er sich selber umgebracht hat? Was machen wir dann? Ich darf gar nicht daran denken! Er hat so ein verrücktes Testament gemacht. So eine Unverschämtheit! Bevor er es unserem Rechtsanwalt gegeben hat, habe ich es gelesen".

Milger wunderte sich, dass Evelyn nur an das Testament dachte.

Evelyn erzählte Michael, was sie über das Testament wusste.

„Wie soll ich drei Jahre ohne dich auskommen", jammerte sie.

„Seine Lebensversicherung wird bei Selbstmord nicht ausgezahlt. Das ist ein Riesenbatzen, der dann verloren geht. Wir müssen einen Mörder finden."

Micha versuchte Evelyn zu beruhigen. „Zur Not kann ich mich ja als Mörder ausgeben. Dann kann ich in Ruhe meinen Roman im Kittchen schreiben". Er gab ihr einen Kuss, bevor er wieder zu seinen Kollegen ging. Die merkten sofort an seinem verstörten Gesichtsausdruck, dass etwas nicht in Ordnung war.

„Der Baron ist tot", brachte Milger mühsam hervor.

Betroffenes Schweigen.

Keiner der Anwesenden hatte den Baron wirklich gemocht, aber sein plötzlicher Tod schockierte alle.

An effektives Arbeiten war an diesem Montagmorgen nicht mehr zu denken.

*****

Hauptkommissar Weberknecht spielte ungeduldig mit seinem Bleistift. Die Hitze in seinem Büro nervte ihn. Der Ventilator brachte selbst auf der höchsten Stufe kaum Abkühlung. Die Hitze sollte laut Wetterbericht bis zum Wochenende anhalten, die Temperaturen sollten sogar über 35 Grad ansteigen. Er hasste dieses Wetter. Wie gerne wäre er selber in die Eifel gefahren, dort waren wenigstens die Nächte kühler als in der Stadt, aber sein Enkel war in der letzten Ferienwoche bei ihm zu Besuch und er hatte ihm eine Fahrt mit der Gondel über den Rhein und einen Besuch im Zoo versprochen. Also musste er hier in Köln bleiben und das Umfeld des Toten unter die Lupe nehmen.

Er wischte sich den Schweiß von der Stirn und nahm einen Schluck aus seiner Wasserflasche.

Die Heimbacher hatten ihm den ersten Bericht mit Fotos vom toten Baron geschickt. Für sie war der Fall schon so gut wie geklärt: Selbstmord.

Alles deutete darauf hin, die Einschussstelle an der linken Schläfe, die Fingerabdrücke auf der Waffe, die Lage des Toten.

Aber Weberknecht hatte so seine Zweifel.

Im Laufe der Jahre hatte ihn sein Bauchgefühl immer auf die richtige Spur geführt und auch in diesem Fall sagte ihm sein siebter Sinn, dass die Dinge nicht so einfach waren, wie sie auf den ersten Blick zu sein schienen.

Weberknecht kaute an seinem Bleistift. Nach allem, was er an diesem Morgen schon über den Baron von Bähringen in Erfahrung gebracht hatte, war ein Selbstmord unwahrscheinlich. Er nahm noch einen

Schluck Wasser und machte sich auf den Weg zur Redaktion der Kölner Stadtzeitung.

*****

Die Kommissare genossen die Fahrt im offenen Cabrio. Der Fahrtwind erfrischte angerehm. Kanninenberger fuhr sehr zügig über die Autobahn, Gerd Mühle betrachtete entspannt die vorbeifliegende Landschaft und ließ sein bisheriges Leben Revue passieren. In Wiesbaden war er in einer sehr musikalischen Familie aufgewachsen. Sein Vater war Oboist im Orchester der Stadt und seine Mutter war Geigenlehrerin, die ihm schon im Vorschulalter Geigenunterricht gegeben hatte. Gerd liebte seine Geige, aber Detektivgeschichten liebte er noch mehr. Seinen Jugendtraum Kriminalbeamter zu werden, erfüllte er sich nach dem Abitur. Den Bachelor-Studiengang „Kriminalpolizei" absolvierte er mit Bestnoten an der Polizeischule in seiner Heimatstadt. Die ersten Berufsjahre verbrachte er in Hessen. Seit zwei Jahren arbeitete er bei der Kripo in Köln.

Er war jetzt dreißig Jahre alt, sein Leben verlief ruhig, er hatte keine Freundin oder Geliebte. Frauen hatten in seinem Leben bisher keine Rolle gespielt, weil er nur für seine Arbeit lebte und die knapp bemessene Freizeit zum Musizieren nutzte.

Von der Seite her betrachtete er seinen Kollegen, der wie er ohne Frau lebte. Er ist nur drei Jahre älter als ich, aber er sieht schon viel älter aus. Einsame Bären werden eben schneller alt. Mir wird es auch so gehen, dachte Gerd.

Kanninenberger pfiff leise vor sich hin. " Wir fahren in die Eifel! Es ist wie Urlaub", freute sich Gerd.

„Freu dich nicht zu früh, auf uns wartet viel Arbeit. Welch glücklicher oder besser gesagt unglücklicher Zufall führt uns nach Heimbach zu meinem alten Freund. Zuletzt haben wir uns vor drei Jahren auf einem Klassentreffen in Altenahr gesehen."

"Fahr nicht so schnell durch die Kurven, mir wird sonst schlecht", ermahnte Mühle seinen Kollegen.

Sie erreichten Heimbach kurz vor Mittag. Kommissar Kanninenberger hielt vor einem Blumenladen, um ein Mitbringsel für Rita zu kaufen. Während er einen bunten Strauß aussuchte, schaute Gerd sich die Plakate an der Tür des Ladens an.

Die Kunstakademie Heimbach bot Malkurse für Kinder und Erwachsene an, dafür interessierte er sich weniger, aber die Musik-Workshops in Verbindung mit den Konzerten im Jugendstil-Wasserwerk und auf der Burg weckten seine ganze Aufmerksamkeit. Alle Achtung, es kamen doch tatsächlich Künstler von Weltrang in diese kleine Stadt. Die Workshops und die Konzerte im Kraftwerk waren schon vorüber, aber das Konzert mit einer der weltbesten Geigerinnen - Maria Mamatko - fand in zwei Tagen als Höhepunkt der Musiksaison statt. Auf dem Programm standen ein Konzert von Bartok, die Zigeunerweisen von Sarasate und die Rapsodie espagnole von Lalo. Gerd summte die Anfangstakte der Rapsodie vor sich hin. Die Generalprobe auf der Burg Heimbach war öffentlich. Heimbach war doch nicht so ein schreckliches Kaff wie er es befürchtet hatte.

*****

Neugierig betraten die beiden Kommissare die alte Sägemühle. Sie hatten nur einen einfachen Dorfgasthof erwartet und waren überrascht, dass sie ein Hotel mit ansprechendem Ambiente antrafen. Das alte Gebäude hatte trotz aller Modernisierung seinen ursprünglichen Charakter bewahrt.

Die Rezeption war nicht besetzt. Ein Kellner in langer weißer Schürze kam mit Gläsern in der Hand durch die Eingangshalle, er grüßte nur kurz, aber nicht unfreundlich. „Es kommt gleich jemand", sagte er und verschwand im „blauen Salon". Kommissar Kanninenberger und sein Kollege folgten ihm.

Inge war damit beschäftigt, die Dekoration für den Geburtstagstisch zu arrangieren, sie platzierte eine flache Schale mit Seerosen in der Mitte des runden Tisches, einzelne Rosenblätter verteilte sie rund um das Gefäß.

„Sie sind sehr früh", begrüßte sie die beiden Beamten und warf einen bewundernden Blick auf den dicken Blumenstrauß in Kanninenbergers Hand.

"Das Geburtstagessen ist erst für 13 Uhr angesagt. Sie können gerne solange in der Gaststube oder auf der Terrasse warten."

Gerd summte immer wieder die Anfangstakte der Rapsodie espagnole vor sich hin.

„Lalo?", fragte Inge.

„Jo", erwiderte Gerd überrascht lächelnd.

Sympathische Erscheinung, dachten beide.

„Wir sind leider keine Geburtstagsgäste", erklärte Kanninenberger. "Wir möchten Herrn Tomms sprechen."

Rita kam mit den Menükarten in den Salon, nickte den beiden Besuchern einen kurzen Gruß zu und stutzte.

„Kanni? Das ist aber eine Überraschung. Rolf wird sich freuen, dich wieder zu sehen." Sie umarmten sich herzlich, so weit es mit den Blumen in der Hand möglich war.

„Das ist mein Assistent Gerd Mühle", stellte er seinen Begleiter vor. „Wir sind leider nicht privat hier."

„Ja, Ihr kommt bestimmt wegen Bähringen."

„Rolf ist bei seinen Fischen, ich zeige Ihnen den Weg." Inge brachte die beiden Beamten über eine steile Bruchsteintreppe in das Kellergewölbe. Dort unten war es angenehm kühl. Neben den Forellen - bassins standen zwei Aquarien mit winzigen Fischen, die Rolf gerade fütterte.

Er reinigte und trocknete sich die Hände, bevor er seinen alten Schulkameraden umarmte und auch Gerd begrüßte.

„Ja, die Fischzucht hier ist mein neuestes Hobby."

„Stumme Gefährten sind jetzt deine Freunde? Kein Theaterspielen mehr? Kein Chor?"

„Keine Zeit mehr dafür."

Während ihrer Schulzeit hatten Rolf und Kanni viel Zeit mit Theaterspielen und Singen verbracht. „Ich könnt aus meinen Augen meine Seele weinen!", deklamierte Kanni.

Rolf gab ihm einen freundschaftlichen Seitenstoß.
„Die Zeiten sind vorbei mein Lieber."
„Leider."
Gerd beobachtete währenddessen die Aquarien. „Mein Gott, wie heißen diese Winzlinge eigentlich?", wollte er von Inge wissen.

„Das sind Elritzen", klärte sie ihn auf. „Früher waren sie ein Exportschlager von Heimbach und Rolf will sie wieder dazu machen." „Interessant. Und was macht man mit den Fischen?"

"Essen", lachte Inge. „Rolf wird Sie sicher zu einer Kostprobe einladen."

„Ich lass mich überraschen. Übrigens, spielen Sie Geige?"

„Wie kommen Sie darauf?"

„Sie haben vorhin die Melodie erkannt, die ich gesummt habe, die kennt nicht jeder."

„Ja, früher habe ich mal Geigenunterricht gehabt und die Anfangstakte der Symphonie waren die Lieblingsmelodie meines Lehrers. So was vergisst man nicht."

„Heimbach scheint auch sehr Musik liebend zu sein, hier finden ja tolle Konzerte statt, wie ich das auf den Plakaten sehen konnte."

„Morgen ist die öffentliche Generalprobe für das Konzert von Maria Mamatko. Kommen Sie mit, wenn es Ihre Zeit erlaubt?"

„Mal sehn, was mein Chef dazu sagt."

„Was habt ihr zwei zu tuscheln?" mischte sich Kanni ein. Gerd meinte: „Heimbach ist gar nicht so ein schreckliches Kaff, wie ich es befürchtet habe. Musik…"

„Und hübsche Mädchen, ich verstehe", lachte Kanni. " Junge, wir sind nicht zum Vergnügen hier."

*****

Montags vor dem Abendgeschäft machte Rolf regelmäßig drei Saunadurchgänge.

Kanni war eigentlich kein Freund von solchen Schwitzbädern und schon gar nicht an einem so heißen Tag, aber Rolf zuliebe nahm er die Hitzetortur auf sich. "Du wirst erstaunt sein, wie erholt und frisch du dich nachher fühlen wirst."

Als sie sich nach dem ersten Durchgang unter der Dusche abgekühlt hatten und im Ruheraum ihr Wasser tranken meinte Kanni, dass er gar nicht so richtig geschwitzt habe, nur im Gesicht sei ihm der Schweiß gelaufen.

„Das werden wir ändern", prophezeite ihm Rolf. „Wohnst du eigentlich noch in der Sülzer Straße?"

Kanni nickte. „Das ist auch gut so. Meine Mutter ist sehr froh, dass ich in ihrer Nähe bin. Sie hat die Wohnung im Erdgeschoß und ich wohne eine Etage über ihr und kann ihr helfen, wenn sie mich braucht." Frau Kanninenberger war gelähmt. Eine Woche vor dem Abschluss seiner Ausbildung hatten Kannis Eltern einen Autounfall auf der Autobahn, sein Vater kam dabei ums Leben und die Mutter war seither auf den Rollstuhl angewiesen.

Rolf holte sich noch ein Wasser.

Kanni holte tief Luft. „Ich habe vorhin mit dem Alten telefoniert. Dieser Bähringen war der meist gehasste Mensch im Verlag. Jeder der Mitarbeiter hätte ein Motiv, aber der Chef konzentriert sich ganz auf diesen Milger."

„Das verstehe ich nicht", wunderte sich Rolf. „Herr Milger ist so ein sanfter Typ, ich glaube nicht, dass er zu einem Mord fähig wäre. Ich konnte den Bähringen auch nicht ausstehen und könnte genau so gut sein Mörder sein."

„Wenn ich alle Menschen umbringen würde, die ich nicht leiden mag, gäbe es in Köln fast keine Karnevalisten mehr. Komm, lass uns noch einen Durchgang machen. Ich will doch mal richtig schwitzen."

Nach fünf Minuten in der Kabine machte Rolf einen Aufguss. Aus einer großen Holzkelle ließ er Wasser auf die heißen Steine laufen.

Das Wasser verdampfte zischend und trieb den Schweiß aus allen Poren. Nur raus hier, dachte Kanni und stürzte sich ins kalte Tauchbecken.

„Du musst auch mit dem Kopf unter Wasser, sonst gibt es Kopfschmerzen", klärte Rolf ihn auf und sprang ebenfalls ins kalte Wasser. Danach erholten sie sich schweigend im Ruheraum. Nach einer Weile fragte Rolf seinen Freund: "Hast du schon mal getötet?"

Kanni stutzte. In dem gleichen Ton hatte Rolf ihn schon einmal gefragt. Damals, als sie noch Kinder waren. Sie hatten unterm Stachelbeerstrauch am Hühnerstall gemeinsam eine tote Maus begraben, die Rolf totgeschlagen hatte, weil sie in den Körnern für seine Hühner gewühlt und das Futter mit ihren Kötteln verunreinigt hatte.

Die gleiche Frage, der gleiche schuldbewusste Blick. Warum gerade jetzt?

Kanni bemerkte die Nervosität seines Freundes, ließ es sich aber nicht anmerken und antwortete nur: „In so einer schrecklichen Situation war ich Gott sei Dank noch nie." Er nahm großen Schluck aus seiner Wasserflasche.

Tomms trank ebenfalls, bevor er weiter fragte: „Könntest du auf einen Menschen schießen?"

Kanni sah ihn mit großen Augen an. "In Notwehr vielleicht. Aber warum fragst du?"

„Ach, nur so. Komm wir machen noch einen letzten Durchgang."

*****

Kanni konnte sich ein Grinsen nicht verkneifen. Was Rolf hochtrabend „mein Büro" nannte glich eher einem Abstellraum für alte Stühle als einem Arbeitszimmer.

Der Raum war sehr groß. An zwei Wänden entlang reihten sich die Sitzgelegenheiten aus unterschiedlichen Zeiten und Materialien aneinander: Wippstühle aus Metallrohr mit dünnen Polstersitzen, alte Kaffeehausstühle mit Rücklehnen aus

65

geschwungenem Holz, dunkle Stühle mit geflochtenen Sitzen und Lehnen, Stühle aus den fünfziger Jahren mit blauen und gelben Plastiksitzen und ein Schaukelstuhl aus Opas Zeiten. Ein Drehstuhl mit Lederbezug und Armlehnen, die ebenfalls mit Leder bezogen waren, diente als Chefsessel hinter dem schön geschnitzten Schreibtisch, der mit Papieren übersät war. Davor stand ein passender Sessel aus Eichenholz, ebenfalls reich geschnitzt, der wohl als Besucherstuhl diente. Kanni ordnete diese Möbelstücke dem Historismus zu, ebenso die Standuhr und die Wetterstation mit den verschnörkelten Verzierungen. Hinter dem Schreibtisch stand ein neuer Waffenschrank, gegenüber befand sich eine Vitrine mit Rolfs Eisenbahnen und die hochgeklappte 3x3 m große Eisenbahnanlage, ansonsten war der Raum leer, nichts deutete auf ein Arbeitsbüro hin.

Kanni musste nicht befürchten, von Rolf oder Rita überrascht zu werden, als er das Büro betrat. In der Küche und im Restaurant herrschte Hochbetrieb und keiner von beiden war abkömmlich.

Er betrat den Raum und ließ die Tür einen Spalt breit offen stehen.

Das große Thermometer ist ein geeignetes Versteck für die Wanze, dachte Kanni. Er überprüfte die Stühle auf ihre Stabilität und entschied sich für den Holzstuhl mit dem gelben Sitz. Er zog ihn zu der Wetterstation und als er darauf kletterte, öffnete sich die Tür ganz und Peter und Kläuschen kamen herein.

„Wir können nicht schlafen."
„Ich habe Durst".
"Was machst du hier in Papas Büro?", wollte Peter wissen. „Ich verstecke eine Wanze."
„Igitt", ekelte sich Kläuschen.

„Das ist doch kein Tier, sondern ein Abhörgerät" klärte Peter seinen kleinen Bruder auf und zu Kanni gewandt fragte er: „Du bist doch Polizist und kein Spion, warum machst du das hier?"

„Ihr wisst doch, was am Wochenende passiert ist?"

„Ja, Mutti hat den großen Mann aus Köln tot im Wald gefunden, erschossen."

„Und der Täter muss gefunden und bestraft werden." Kanni suchte nach einer Ausrede, er mochte den Kindern nicht sagen, dass er ihren Vater verdächtigte, den Tod des Barons herbeigeführt zu haben und erzählte ihnen etwas von „hier verwahrt euer Vater die Waffen seiner Gäste, hier laufen alle Fäden zusammen und vielleicht hilft der Kommissar Zufall". Das war natürlich Blödsinn, aber die beiden gaben sich damit zufrieden. „Und du meinst, dass der Mörder hierher kommt?", fragte Peter. „Mag sein, die Wanze wird uns vielleicht bei der Lösung des Rätsels helfen."

„Wanzen bei uns, das erzähl ich morgen gleich meiner Mami", meinte Peter.

„Das ist doch unser Geheimnis, Geheimnisse darf man nicht verraten, verstanden?", ermahnte Kanni. „Na klar", beteuerte Peter „und du sagst auch nichts Kläuschen."

„Na klar", versprach Kläuschen.

„Kennst du das Lied von der Wanze?" „Ja, aber das singen wir erst morgen. Und nun ab ins Bett mit euch beiden."

*****

Die Burg Hengebach in Heimbach war schon immer ein beliebtes Ziel für Natur- und Wanderfreunde und seit einigen Jahren auch für Kunst- und Kulturliebhaber.

In diesem Jahr hatten sich wieder viele Maler und solche, die es werden wollten, zu den zahlreichen Workshops angemeldet. Sie konnten ihre Werke auf der Burg ausstellen und zum Verkauf anbieten.

Der Höhepunkt der Saison war das Konzert mit der weltberühmten Maria Mamatko, zu dessen Probe sich Inge und Gerd auf den Weg gemacht hatten. Peter und Kläuschen freuten sich, dass sie die beiden auf die Burg begleiten duften, denn dort oben lockte ein Abenteuerspielplatz mit einem Verließ als besondere Attraktion.

Auf dem Weg zur Burg machten die beiden Jungen einen Wettlauf zur obersten Nische in der Bruchsteinmauer. Peter war als erster oben und setzte sich auf das Mäuerchen. Sein Bruder holte ihn schnell ein.

„Kuck mal, die winzigen roten Tierchen!" Sie beobachteten fasziniert die kleinen Spinnen, die über die warmen Steine flitzten, sich in den Mauerfugen versteckten, wieder hervorkamen und weiter über die Steine krabbelten.

„Auf der Mauer, auf der Lauer sitzt ´ne kleine Wanze, seht euch mal die Wanze an, wie die Wanze tanzen kann, auf der Mauer auf der Lauer sitz ´ne kleine Wanze", sang Peter vor sich hin und grinste.

„Auf der Mauer auf der Lauer sitzt ´ne kleine Wanz. Seht euch mal die Wanz an, wie die Wanz tanz kann, auf der Mauer auf der Lauer sitzt ´ne kleine Wanz.", sang Kläuschen weiter.

Als sie die zweite Strophe sangen, kam eine Familie mit Kindern vorbei, die Kinder sangen lauthals mit.

„Auf der Mauer, auf der Lauer, sitzt ´ne kleine Wan…, seht euch mal die Wan… an, wie die Wan… tan… kann auf der Mauer auf der Lauer sitzt ´ne kleine Wan..."

Ein älteres Ehepaar machte in der Nähe der Kinder eine Verschnaufpause und hörte dem Gesang belustigt zu. Im Weitergehen summte es das Liedchen mit.

Bei der nächsten Strophe erreichten Gerd und Inge die Jungen.

Gerd setzte seine schauspielerischen Fähigkeiten ein und sang mit großen Gesten mit. „Auf der Mauer auf der Lauer sitzt ´ne kleine Wa…, seht euch mal die Wa… an, wie die Wa… ta… kann, auf der Mauer auf der Lauer sitzt ´ne kleine Wa…"

Auch Inge imitierte beim Singen eine tanzende Wanze und alle konnten vor Lachen fast nicht mehr weiter singen. „Auf der Mauer auf der Lauer sitzt ´ne kleine W…, seht euch mal die W… an, wie die W… t… kann…"

Jetzt kam eine Gruppe älterer Damen an den ausgelassenen Sängern vorbei. Die Damen waren Teilnehmerinnen des Seminars der Volkshochschule Zülpich „Mittelalterliche Burgen in der Eifel" und besuchten zum Abschluss des Kurses die Burgen Nideggen und Hengebach.

„Auf der Mauer auf der Lauer sitz ´ne kleine …" Bei jeder Pause zogen die Kinder nur Grimassen und Inge und Gerd machten es ihnen nach.

„ Seht euch mal die ….an, wie die …. …. kann, auf der Mauer auf der Lauer sitzt ´ne kleine…"

Die Damen schüttelten verständnislos ihre wohl frisierten Köpfe. „Wie kann man nur so albern sein", hörte Peter eine Frau sagen und streckte ihr die Zunge raus.

Glücklicherweise konnte sie das nicht sehen.

Oben auf der Burg stürmten die beiden Jungen auf den Spielplatz und Inge und Gerd begaben sich in den Saal, in dem die Probe schon begonnen hatte. Sitzplätze waren nicht mehr frei.

Frau Mamatko trug eine Jeans, dazu eine weite Tunika mit buntem Blumenmuster und wirkte viel jünger als in den eleganten schulterfreien Kleidern, in denen sie bei ihren Konzerten aufzutreten pflegte.

Sie stand kerzengerade und bewegte beim Spielen nur ihre Arme und Finger. Manche Geiger spielten mit großem Körpereinsatz, stampften den Takt mit den Füßen oder lehnten sich lässig an einen Hocker. Die Mamatko spielte beinahe körperlos wie ein Engel. Und ebenso himmlisch.

„Wie Meister Menuhin", flüsterte Gerd Inge zu.

Die Probe war viel zu schnell zu Ende, sie hätten noch stundenlang zuhören können. Auch die Kinder hätten noch gerne länger gespielt, sie ließen sich nur mit dem Versprechen auf ein Spaghetti-Eis beim Italiener am Markt vom Spielplatz locken. Inge und Gerd genehmigten sich einen „Herzensbrecher", ein Riesen - Eis für zwei.

*****

Zur gleichen Zeit als Michael Milger   auf dem Polizeirevier in Köln nach Kommissar Weberknecht fragte, ging Kanni in Tomms Büro.

Weberknecht hatte Milger kommen sehen und winkte ihn in sein Büro.

„Sie sind doch der Journalist vom Kölner Tageblatt, nicht wahr? Was führt Sie her?"

Sie hatten nur kurzen Blickkontakt, denn sah Milger nur noch auf seine Hände, die er ständig rieb, um das Zittern zu verbergen. Kröger fand Milgers Unsicherheit nicht unsympathisch, er mochte diesen etwas rundlichen, aber nicht dicken Mann mit den schönen, schmalen Händen.

„Ich muss mit Ihnen
reden, Herr Kommissar,
mein Gewissen lässt mir
keine Ruhe. Ich habe
Baron von Bähringen
getötet."

Weberknecht war sprachlos.

Kanni setzte sich auf den Drehstuhl. Rolf begann mit sehr leiser Stimme:

„Er war so überrascht als
er mich bemerkte. Er
spielte mit der Pistole in
seiner Hand, drehte sie

um seinen Zeigefinger
und sagte auf seine he-
rablassende Art. ´Ach, Sie
sind es. Wollen Sie nicht
auch mal schießen?´"

Kanni und Rolf sahen sich lange in die Augen.

Weberknecht stupste mit seinem Bleistift auf den
Schreibtisch, legte ihn dann aber wieder hin, weil
das Stupsgeräusch zu laut war. Milger sprach leise,
der Kommissar musste seine Ohren sehr anstren-
gen, um ihn zu verstehen.
„Wie ich sein zynisches
Lächeln hasste, es war
so verletzend. Dann
drückte er mir die
Pistole in die Hand und
meinte:
´Du kannst doch gar
nicht schießen und
schon gar nicht auf ei-
nen Menschen. Komm
erschieß mich, das woll-
test du doch schon
immer, Milger.´ Dann
habe ich einfach abge-
drückt."

Er flüsterte nur noch. Weberknecht war zufrieden,
sein siebter Sinn hatte ihn nicht getäuscht:

Baron von Bähringen war ermordet worden. Er hörte Milger weiter aufmerksam zu und stellte im Stillen fest, dass er eigentlich gar nicht wie ein Mörder aussah, aber welchem Übeltäter liest man schon seine Untaten vom Gesicht ab.

Kanni sah seinen Freund mit traurigen Augen an, Rolf wich seinem Blick aus.

„Ob du es glaubst oder nicht, ich kochte vor Wut. Ich kannte diesen Mann ja kaum, aber seine arrogante Art war mir so zuwider, dass ich ihn hätte umbringen können. Und als er so grinsend vor mir stand ´Sie können ja gar nicht schießen, Sie Feigling´, da ist bei mir die Sicherung durchgebrannt."

Milgers Stimme erstarb beinah.

„Dann habe ich die Pistole mit einem Taschentuch abgewischt. Für einen kurzen Moment war ich erleichtert, aber jetzt habe ich Albträume. Ich bin zu einem Mörder gewor-

den. Es tut mir so Leid,
Herr Kommissar."

Das Geständnis nahm Weberknecht stumm zur Kenntnis

Er sah Milger lange an bevor er sagte:

„Ich verhafte Sie wegen des Mordes an Baron von Bähringen."
Dann ließ er ihn abführen.

> „Kannst du verstehen Kanni, wie mir jetzt zu Mute ist? Ich muss hier den unschuldigen Mann spielen und bin in Wirklichkeit vielleicht ein Mörder. Ich hatte die Waffe in der Hand und Bähringens Hand lag auf meiner, ich weiß nicht, ob ich oder er abgedrückt hat. Kanni, ich kann nicht mehr, hilf mir."

Rolf hielt seine Hände vors Gesicht und seufzte tief.

Kanni legte eine Hand auf Rolf Schulter. „Nun beruhige dich erst mal, das klingt alles so unglaubwürdig."

> „ Es war aber so."

Kannis Handy klingelte, er sah dass Weberknecht anrief.

„ Der Chef will mich sprechen. Wir reden morgen weiter. Lass uns erst einmal eine Nacht darüber schlafen", meinte er, bevor er das Zimmer verließ.

Weberknecht war gut aufgelegt. „Ihr könnt eure Zelte in Heimbach abbrechen, der Fall ist geklärt. Wie ich von Anfang an vermutet habe, war es kein Selbstmord. Milger hat den Mord gestanden, ich habe sein Geständnis."

Kanni lachte: "Ich habe auch einen Täter."
„Was soll das heißen? Milger hat gestanden!!"
„Mein Freund Rolf auch."
„Wie, Rolf Tomms auch?"
„Ja, er versucht mir zu erklären, wie er den Baron erschossen hat, das beweist doch, dass keiner der beiden ein Mörder ist. Der Baron hat sich selbst erschossen. Selbstmord. Basta."

„Scheiße! Jetzt sind wir so klug wie vorher, und können wieder von vorne anfangen." Weberknecht beendete kurzerhand das Gespräch.

*****

Der Mittwoch war wieder ein schwül-heißer Tag. Die Baronin von Bähringen wollte an diesem Tag ihr

Zimmer in Heimbach räumen und hatte den Chauffeur für 11 Uhr bestellt.

Unschlüssig stand sie vor ihrem Kleiderschrank, was sollte sie bei diesem schwülen Wetter nur anziehen? Als trauernde Witwe sollte sie ein schwarzes Kleid tragen. Sie entschied sich für das ärmellose schwarze Leinenkleid, es war arg verknittert, Julietta musste es noch aufbügeln.

Evelyn schaute auf die Uhr. Sie hatte mit Michael vereinbart, um 10 Uhr bei ihm anzurufen. Er mel - dete sich weder zu Hause noch in der Redaktion. Sie deutet das als gutes Zeichen. Ihr Plan war aufgegangen.

Mit dem geglätteten Kleid brachte Julietta auch ein Paar schwarze Handschuhe mit langen Stulpen und eine dünne Stola. „Es ist nicht angebracht, mit nackten Armen in die Kirche zu gehen. Sie können ja ausprobieren, was sich bei diesem Wetter besser tragen lässt."

„Ich geh doch nicht in die Kirche!!!"

„Ich dachte, Sie wollten eine Kerze für Ihren Mann anzünden."

„Ach geh! Aber vielleicht brauche ich die Handschuhe doch noch, danke."

*****

Kanni hatte Frau von Bähringen ankommen sehen. Er stellte umgehend das Abhörgerät in seinem

Zimmer an und wartete. Rolf hatte Frau von Bähringen kommen sehen und händigte ihr an der Haustür die Zimmerschlüssel aus. „Machen Sie sich keine Mühe, Herr Tomms, ich kenne mich hier aus und mein Chauffeur wird mir beim Einpacken helfen. Holen Sie schon mal meine Pistole." Sie fuhr mit Fritz hoch auf die dritte Etage zu ihrem Zimmer. Kurz danach kam sie wieder herunter und ging in Rolfs Büro. Jetzt trug sie Handschuhe.

Kanni konnte am Laptop die Vorgänge im Büro verfolgen. Rolf tat ihm Leid, er war schrecklich nervös. Die Pistole lag auf dem Tisch vor ihm.

„Es tut mir ja so Leid, wirklich", begann Rolf. "Keine Beileidsbezeugungen bitte", unterbrach die Baronin ihn energisch.

„Ich fühle mich mitschuldig am Tod Ihres Mannes", fuhr Rolf fort und wurde wieder unterbrochen.

„Bitte hören Sie auf damit."

„Ich muss aber mit Ihnen darüber reden wie alles passiert ist."

„Was wissen Sie denn schon!" Ihre Stimme wurde immer gereizter.

„Ich habe Ihren Mann getötet"

„Ach was! Michael Milger hat ihn umgebracht und sitzt jetzt im Gefängnis. Tun Sie mir den Gefallen und halten sich aus der Angelegenheit heraus."

„Ich kann die Sache nicht totschweigen, mein Gewissen spielt verrückt... den Tod Ihres Mannes habe ich zwar verursacht aber nicht gewollt. Wissen Sie ... "

Frau von Bähringen hatte die Waffe vom Tisch genommen und spielte damit herum.

„Hören Sie auf!" Ihre Stimme wurde bedrohlich schrill.

Bei Kanni klingelten die Alarmglocken, er entsicherte seine Dienstwaffe, rannte die Treppe zu Rolfs Büro herunter und riss die Tür auf. Frau von Bähringen hatte die Pistole auf Rolf gerichtet.

„Ich lass mir doch von Ihnen nicht alles kaputt machen", zischte sie.

"Legen Sie sofort die Waffe hin!", befahl Kanni barsch.

Frau von Bähringen drehte sich zu Kanni um.
Dann fiel ein Schuss.
Gerd war auf dem Weg zu Inge, als er einen Schuss hörte, dann einen zweiten, eine Frau schrie laut um Hilfe. Gerd erkannte, dass die Geräusche aus Tomms Büro kamen und rannte dorthin. Die Bürotür war nur angelehnt, als er sie weiter öffnete, blieb er vor Schreck wie angewurzelt stehen und hielt sich am Türrahmen fest: Vor ihm lagen Tomms und Kanni, beide hatten eine Schusswunde auf der Stirn, er befürchtete, dass jede Hilfe zu spät

kommen würde. Diese Sorge bestätigte sich, als er seinen Kollegen und dessen Freund untersuchte, erst dann rief er den Rettungsdienst und die Spurensicherung an.

Frau von Bähringen hatte sich inzwischen beruhigt, sie atmete schwer und stieß stotternd hervor: „Er hat ihn…", sie zeigte auf Kanni und dann auf Tomms „und er hat ihn…", dann fiel sie wie ohnmächtig in Gerds Arme.

Die Schüsse und das Geschrei hatten auch Fritz aufgeschreckt, andere Gästen waren zu dieser Zeit glücklicherweise nicht im Haus. Neugierig näherte er sich dem Büro. „Helfen Sie mir, Frau von Bähringen in den blauen Salon zu tragen", spannte Gerd ihn gleich ein.

Gemeinsam legten sie die Frau auf das blaue Sofa im blauen Salon. Fritz kühlte ihre Stirn mit einem nassen Taschentuch.

Inge, die Kinder und Rita stürmten in Rolfs Büro, Rita beugte sich über ihren Mann und weinte bitterlich.

„Mein Gott, Rolf, lass uns nicht allein. Bitte, werde wieder wach." Sie krümmte sich vor Schmerzen. Peter starrte die beiden Toten entsetzt an und stammelte nur: „Papa, steh auf." Weinen konnte er (noch) nicht. Der kleine Klaus fragte: „Sind die tot?"

Der Notarzt war inzwischen angekommen. Für Kanni und Rolf konnte er nichts mehr tun, aber für Rita war er eine große Hilfe, denn die Wehen hatten vorzeitig eingesetzt. Er beruhigte sie und fuhr mit ihr ins Krankenhaus. Inge und Gerd brachten die Kinder aus dem Zimmer.

„Kanni hatte Recht, der Mörder kommt in Papas Büro, hat er sagt." Gerd war über diese Äußerung von Peter erstaunt. „Wie meinst du das?"

„Ja, Kanni hat eine Wanze am Thermometer im Büro versteckt. Der Mörder kommt bestimmt hierher, hat er gemeint."

Gerd wusste zwar, dass Kanni ein Abhörsystem hatte, aber nicht, dass er es hier im Hotel einsetzen wollte. Jetzt wurde ihm auch klar, warum die Kinder das Lied von der Wanze gesungen hatten. Er überließ Inge die beiden Jungen und stieg die Treppe zu Kannis Zimmer hoch, mit einem dicken Kloß im Hals und Tränen in den Augen. Das Aufnahmegerät lief noch. Gerd stellte es aus und nahm es mit, um sich gemeinsam mit den Kriminalbeamten die Aufzeichnung anzusehen.

Frau von Bähringen war unterdessen aufgestanden und wollte mit Fritz zurück nach Köln fahren, an der Tür hielt Gerd sie auf. „Wie schön, dass es Ihnen wieder besser geht, dann können Sie mir jetzt schildern, was sich im Büro von Herrn Tomms zugetragen hat."

„Ja also", brachte die Baronin zögernd hervor, "ich weiß gar nicht wie ich anfangen soll. Also, ich wollte meine Waffe bei Herrn Tomms abholen. Ich hatte ihm Bescheid gesagt, dass ich heute kommen wollte. Auf dem Flur hörte ich schon eine Diskussion, der Kommissar und Herr Tomms redeten sehr laut miteinander, sie hörten mein Klopfen nicht, also bin ich rein. Herr Tomms stand am Waffenschrank und hatte meine Pistole in der Hand und dann hat er einfach…", sie machte eine Geste, die zeigen sollte, dass Tomms geschossen hatte. Gerd hatte bis dahin ruhig zugehört und konnte jetzt seine Wut nicht mehr verbergen.

„ Ich lass mir doch von Ihnen keinen Bären aufbinden, Frau von Bähringen Soll ich Ihnen sagen wie es wirklich war?" Er holte das Tablet hervor. „Schauen Sie genau hin, Frau Baronin."

Die Baronin wurde kreidebleich, als sie auf dem Bildschirm das Geschehen verfolgte: Sie sah, wie Kanni mit einer Waffe in der Hand das Büro betrat, sie selbst hielt ihre Pistole auf Herrn Tomms gerichtet. „Legen Sie sofort die Waffe hin", brüllte Kanni sie an, sie gehorchte natürlich nicht, sondern drehte sich um und zielte auf Kanni. Fast gleichzeitig nahm sie ihm die Waffe weg und zielte damit auf Tomms.

„Frau von Bähringen, nein!", konnte er nur noch flüstern und fiel rückwärts gegen den Waffenschrank.

Während die Baronin dem Beamten die Dienstwaffe wieder in die Hand drückte und Rolf Tomms ihre eigene, schrie sie laut um Hilfe.

Jetzt war sie sprachlos und schaute sich verstört um.

„Frau von Bähringen, ich verhafte Sie wegen des Mordes an Kommissar Kanninenberger und Rolf Tomms."

Ein Heimbacher Polizist führte sie ab.

Fritz stand fassungslos dabei und hörte wie von fern: "Sie können nach Hause fahren."

*****

Trauer und Wut blockierten Kommissar Weberknecht. Unfähig seine Gedanken in Worte zu fassen, starrte er auf den leeren Bildschirm. Alles, was er bisher als Nachruf für seinen Kollegen Kanni schreiben wollte, hatte er gelöscht, es war ihm entweder zu phrasenhaft und platt oder zu überschwänglich. Er fand einfach nicht die richtigen Worte, weil er immer das Bild der schießenden Frau Baronin vor Augen hatte.

Die Wut über die sinnlose Schießerei war noch größer als seine Trauer um den verlorenen Freund.

Statt vergeblich an einem Text herumzubasteln, zog er es vor, Milger in der Untersuchungshaft auf zu suchen, um ihm seine Freilassung mitzuteilen.

Er fand Milger schreibend am Tisch sitzen.

„Was wollen Sie jetzt schon wieder von mir wissen?", fragte Michael Milger genervt, ohne seine Arbeit zu unterbrechen. Weberknecht sah ihm über die Schulter, er war neugierig auf das, was Milger mit äußerst akkuraten Buchstaben in seine Kladde schrieb, aber die Schrift war so winzig, dass er sie ohne Brille nicht lesen konnte.

„Sie sind frei, Herr Milger", teilte der Kommissar dem Schreibenden mit.

„So", erwiderte der nur kurz.

„Der Fall Bähringen ist aufgeklärt. Herr Tomms hat den Baron erschossen."

Jetzt erst sah Milger den Kommissar an.

„Das glaube ich nicht. Warum sollte Tomms den Baron erschießen?" „Schauen Sie selbst." Weberknecht legte sein Tablet auf Milgers Kladde und zeigte ihm die Bilder aus Tomms Büro.

Milger wurde kreidebleich, er hielt sich krampfhaft am Tisch fest, als er die schreckliche Szene mit seiner geliebten Evi verfolgte. „Das ist nicht wahr, sagen Sie mir, dass es nicht wahr ist, Herr Kommissar", stammelte er. „Evi ... eine Doppelmörderin."

Milger brach in Tränen aus.

Weberknecht legte ihm tröstend die Hand auf die Schulter. „Möchten sie mit Frau von Bähringen sprechen? Sie sitzt hier im Hause ein." „ Nicht geboren zu werden ist bei weitem das Beste. Nein, ich kann sie jetzt nicht sehen. Ich weiß auch nicht, ob ich sie jemals wieder sehen möchte."

„Kommen Sie, Herr Milger, ich fahre Sie nach Hause."

Milger stieg an der Konditorei in der Nähe seiner Wohnung aus, um sich Nervennahrung zu holen, einen Dreierpack Lindt Schokolade mit Kirschwasser und eine Zimtschnecke.

*****

Herr und Frau Mommser saßen am nächsten Sonntag am Mittagstisch.

„Ich muss immer an die beiden Kinder von der Sägemühle denken. Wie schrecklich muss es für sie sein, der Vater ermordet, die Mutter bei der Geburt des Kindes gestorben, sie tun mir unendlich Leid." „Nun hör doch endlich mit dem Gejammer auf. Sie sind nun mal tot. Da ist traurig für die Kinder, aber gut für uns. Damit ist das Thema Rümpchen endlich vom Tisch." Herr Mommser wurde ungeduldig

„Wo bleibt Fritz nur so lange, ich möchte endlich essen." Dann kam der Sohn verschmitzt lächelnd ins Esszimmer, in den Händen hielt er einen Teller, den er mit einer Serviette abgedeckt hatte.

„Überraschung", strahlte er übers ganze Gesicht und lüftete das Tuch. Die Eltern sahen zehn kleine Fische, schön mit Salat angerichtet, auf dem Teller liegen. „Nicht nur Fischers Fritz fischt frische Fische, nein auch Mommsers Fritz. Ich habe für euch Elritzen gefangen und acht Tage lang eingelegt."

„Wo hast du die denn die ganze Woche lang aufbewahrt? Bei diesem Wetter müssen die ja schlecht werden." Frau Mommser war skeptisch.

„Uwe hat sie bei sich im Kühlschrank gekühlt."

Herr Mommser besah sich neugierig die kleinen Fische. "Woher hast du denn die Elritzen?" " Ich kenne eine Stelle an der Rur, da wimmelt es von diesen Fischen."

„Und Herr Tomms meint, dass sie vom Aussterben bedroht seien und hier gibt es so viele. Lass uns mal probieren, wie sie schmecken. "

Fritz zerteilte ein Fischchen und nahm ein kleines Stück auf seine Gabel. Herr Mommsen war mutiger und spießte ein großes Stück auf, Mutter Mommser wartete ab. Gleichzeitig zerkauten Vater und Sohn die Fischhappen und spuckten sie gleichzeitig wieder aus.

„Das schmeckt ja ekelhaft", stellte Herr Mommser fest und spülte sich den Mund mit einem Schluck Wasser aus. „Bäh", meinte Fritz, „das schmeckt ja ätzend. Und damit wollte Herr Tomms Geschäfte machen. Igitt!"

„Die Fische von Herrn Tomms haben dagegen richtig gut geschmeckt."

Nach dem Essen machte die Familie einen Spaziergang an die Rur. "Zeig mir doch mal die Stelle, wo du die Rümpchen gefunden hast", forderte Herr Mommser seinen Sohn auf. Fritz führte ihn zu einem Abschnitt, in dem die Rur mehr stand als floss. „Da tummeln sich ja unendlich viele Fische", wunderte er sich. Ein Herr kam ihnen entgegen, Mommser erkannte in ihm ein Mitglied des Angelvereins.

„Die Moderlieschen haben sich in diesem Jahr unwahrscheinlich vermehrt", erklärte der Angelfreund. "Der Bestand ist so groß wie lange nicht mehr."

„Moderlieschen?"

„Ja, Moderlieschen, Miniausgabe aus der Familie der Karpfenfische, wie die Elritzen auch." „Ach du meine Güte, dann habe ich gar keine Elritzen gefangen", wunderte sich Fritz.

„Sie haben schon eine gewisse Ähnlichkeit mit Elritzen." „Kann man die auch essen?", wollte Fritz wissen. „Ich weiß es nicht und habe auch noch nicht gehört, dass jemand es je versucht hat. Ich muss jetzt weiter. Auf Wiedersehen."

„Wenn Moderlieschen und Elritzen Karpfenfische sind, müssten sie ja beide zu genießen sein", überlegte Fritz.

„Die Elritzen sind Bitterfische, vielleicht macht das den Unterschied aus. Wie hast du deine Fische denn eingelegt?", wollte sein Vater wissen.

„In Apfelessig", erklärte Fritz.

„Und hast du sie auch ausgenommen?", fragte die Mutter.

„Ausgenommen? Nö, hab ich nicht." Fritz überlegte. „Darum haben meine Fische nicht geschmeckt. Ich glaube, ich muss jetzt kotzen."

Der Nachmittag war für Fritz gestorben.

*****

Rechtsanwalt Dr. Johannes Siebert hatte eine neue Mandantin: Evelyn von Bähringen, die Frau, die er heimlich bewunderte und verehrte.

Zum ersten Mal hatte er sie in der Oper gesehen. Eigentlich war er kein Opernfreund, aber der Bürgermeister von Köln hatte ihn und seinen Mandanten Baron v. Bähringen zur Premiere von Orpheus und Eurydike eingeladen und diese Einladung konnte er nicht ausschlagen ohne den Bürgermeister zu verärgern. Ein Konzert mit den Bläck Fööss wäre ihm lieber gewesen.

Aber der Abend in der Oper wurde dennoch angenehm für ihn. Der Baron stellte ihm vor der Aufführung seine junge Frau vor. Johannes Siebert war sogleich verzaubert von ihr. Die blonden Haare hatte sie zu einer eleganten Hochfrisur gesteckt. Das enge dunkelblaue Kleid betonte ihre schlanke Figur.

In der Loge durfte er neben ihr Platz nehmen und er genoss die Nähe dieser wundervollen Frau. In der Pause hätte er gerne mit Frau von Bähringen gesprochen, aber dem sonst so redegewandten Anwalt fehlten die richtigen Worte. Ganz unverfänglich wollte er über die Oper reden, doch sie hörte nicht zu und war gar nicht daran interessiert. Sie hörte auch der Musik nicht richtig zu. Während Orpheus die berühmte Arie „Ach ich habe sie verloren" tief traurig sang, schlief sie sogar kurz ein.

Sie mag ebenso wie ich keine Opern, dachte er. Dann haben wir etwas gemeinsam.

Ein zweites Mal begegnete er ihr auf einem Empfang im Rathaus. Auch hier scheiterte der Versuch mit ihr ins Gespräch zu kommen. Seine Bewunderung behielt er still für sich.

Und dann bekam er ganz unverhofft die Möglichkeit, der Angebeteten näher zu kommen.

Frau von Bähringen hatte sich daran erinnert, dass Dr. Siebert ihren Mann in mehreren Fällen erfolgreich verteidigt hatte. Der Anwalt wusste, dass der

Baron ein schwieriger, aber grundehrlicher Mann war. Seine schonungslose Ehrlichkeit hatte ihm schon mehrere Klagen wegen Beleidigung eingebracht. Dr. Siebert hatte es immer verstanden, durch seine geschickten Formulierungen die Kläger davon zu überzeugen, dass die angebliche Beleidigung nur als Kritik zu verstehen sei und der Angeklagte wurde in allen Fällen freigesprochen.

Und jetzt hatte Frau von Bähringen ihn als Verteidiger bestellt, in der Hoffnung, dass er auch ihr aus der Klemme helfen könnte.

Das Mandat hätte er lieber ausgeschlagen, denn ihr Fall war so gut wie hoffnungslos.

Bei ihr ging es ja nicht um Beleidigung sondern um Mord. Und sogar um Doppelmord.

Die Beweislage war so eindeutig, dass mildernde Umstände durch verminderte Schuldfähigkeit nicht in Betracht kamen, es sei denn, Dr. Siebert könnte der Angeklagten Persönlichkeitsstörungen oder eine extreme psychischen Erregtheit nachweisen. Aber diese Möglichkeiten sah er nicht.

Sie saßen sich im Besucherraum gegenüber, Frau von Bährigen spielte nervös mit ihren Fingern, der Anwalt blätterte in seinen Papieren.

„Sagen Sie dem Gericht, was Sie wollen, aber holen Sie mich hier raus." Sie sah den Anwalt Hilfe suchend an.

„Zur Beerdigung von meinem Mann werde ich nicht kommen. Das Spießrutenlaufen werde ich mir ersparen. Und wenn Sie ihm sein Testament eröffnen, brauchen Sie mich gar nicht erst einladen."

Mein Gott, wie redet diese Frau? dachte Dr. Siebert und fragte:

„Zu welcher Testamenteröffnung?" Er sah seine Mandantin erstaunt an.

„Jetzt tun Sie nicht so. Mein Mann hat mir das Testament doch gezeigt, bevor er es Ihnen gebracht hat. So eine unverschämte Verfügung!"

„Ihr Mann hat bei mir kein Testament hinterlegt."

Jetzt schaute Frau Bähringen ihrem Anwalt lange in die Augen.

Mein Gott, dachte Herr Dr. Siebert, so schöne Augen! Und diese Frau hat zwei Männer erschossen.

„Kein Testament?"
„Kein Testament!"
Ungläubig schüttelte sie den Kopf.
„Dann hat er mir das nur vorgespielt, dieser..." Ihr versagte die Stimme und sie schluchzte laut auf.
„Wenn ich das gewusst hätte", fügte sie leise hinzu.

Mein Gott, wie Leid mir diese Frau tut, dachte der Anwalt und nahm ihre Hand. „Es wird alles gut."

Trauerfeiern waren Milger zuwider, besonders katholische. Er hatte bisher nicht einen katholischen Geistlichen erlebt, der seinen Text nicht mit eintöniger Stimme vorgelesen hatte, routinemäßig und so teilnahmslos wie den Wetterbericht oder die Wasserstandsmeldungen. Trost spendend war das nicht. Und genau so schlimm fand er es, wenn während des Vaterunsers der Klingelbeutel herumgereicht wurde. Auf solche Messen verzichtete Michael Milger gerne.

Darum nahm er auch nicht an der Totenmesse für seinen Chef teil, sondern begab sich gleich zur Familiengruft des Barons. Unterwegs hörte er einen Männerchor „Jenseits des Tales standen ihre Zelte" singen. Neugierig ging er in die Richtung, aus der der Gesang kam. Eine große Trauergemeinde hatte sich um ein kleines Urnengrab versammelt, um ein Erdloch, 50 x 50 cm groß. Die Urne war schon herabgelassen worden, Polizeibeamte in Uniform, einer nach dem andern, verbeugten sich stumm vor dem Grab, sprachen der einzig anwesenden Frau ihr Beileid aus und gingen still von dannen. Frau Kanninenberger saß zusammengesunken im Rollstuhl und weinte bitterlich. Der Polizeichor sang die letzte Strophe des Lieblingsliedes des Verstorbenen, die Stimmen der Sänger zitterten ein wenig vor Rührung. Bei weniger traurigen Anlässen singen sie hoffentlich besser, dachte Milger und ging schnell in Richtung der Bähringschen Familiengruft weiter.

Mittelpunkt der Gruft war ein drei Meter hoher Obelisk aus schwarzem Marmor mit dem Familienwappen. Auf seiner Spitze schwebte mit weit ausgebreiteten Flügeln ein Engel, der freundlich lächelnd auf sechs kleinere Grabsteine rechts und links herabsah. Ganz links war ein siebtes Grab ausgehoben.

Von der Friedhofskapelle aus näherte sich der Trauerzug der Grabstelle, an der schon reich geschmückte Kränze mit Schleifen aufgestellt waren. Der Sarg aus Mahagoni war der Länge nach mit weißen Lilien bedeckt und wurde von sechs Mitarbeitern des Verlages getragen. Da wird ein Vermögen vernichtet, dachte Milger.

Hinter dem Sarg ging mit bedächtigen Schritten der Geistliche, ein kleiner rundlicher Mann. Er murmelte Gebete und schwang dabei ein Weihrauchgefäß. Ihm folgten die beiden Schwestern des Barons, tiefschwarz gekleidet, mit großen Hüten, deren Schleier ihre Gesichter verdeckten, dahinter die vielen Menschen, die aus Achtung vor dem Toten oder aus Neugier zur Beerdigung gekommen waren. Milger schloss sich dem Zug an.

Plötzlich stand Evi neben ihm. Sie wurde von einer Vollzugsbeamtin begleitet. Seit ihrer Verhaftung hatte Milger sie nicht mehr gesehen. Sie hatte tiefe Ringe unter den Augen und war sehr blass.

„Micha", sagte sie zaghaft, „ es tut mir so Leid, was ich getan habe. Hast du mich trotzdem noch lieb?" Er sagte nichts, sah sie nur mit traurigen Augen an und nickte leicht.

„Ich verstehe nicht, wie ich so etwas Schlimmes tun konnte. Ich werde es wieder gut machen, zumindest werde ich es versuchen."

Micha drückte stumm ihre Hand.

Erst als sich die letzten Trauergäste auf den Weg zum Beerdigungskaffee in das nahe gelegen Restaurant gemacht hatten, traten Micha und Evi an das Grab des Mannes, den sie seit einigen Jahren betrogen hatten.

Evi schluchzte laut auf, als sie an dem offenen Grab stand und flüsterte unter Tränen: „Ach Ekki, kannst du mir verzeihen? Bitte verzeih mir all das, was ich dir angetan habe!"

Micha wunderte sich sehr über seine Freundin. Die kurze Zeit im Untersuchungsgefängnis hat sie schon verändert, wenn nicht sogar geläutert, dachte er.

Er selber empfand weder Trauer noch Reue, im Gegenteil.

Eine große Erleichterung machte sich in ihm breit, weil er den ungeliebten Chef los war und die Liebe zu Evi nicht mehr verheimlichen musste.

Aber wie konnte es weitergehen mit Evi und ihm? Wie lange müsste sie im Gefängnis bleiben? Wie sollten sie diese Zeit überstehen?

Er nahm die Schaufel und streute etwas Erde in das Grab. Evi warf eine rote Rose auf den Sarg und wandte sich noch einmal mit traurigem Blick ihrem Geliebten zu, bevor sie mit ihrer Begleiterin die Grabstätte verließ.

Obwohl Micha sich auf einen heißen Kaffee freute, ging er nicht zum Beerdigungskaffee, sondern kaufte sich in seiner Bäckerei eine Rosinenschnecke und die obligate Kirschlikörschokolade. Dann brühte er sich zu Hause einen starken Espresso auf, den er in Ruhe auf seiner Dachterrasse schlürfte.

*****

Zur gleichen Zeit fand in Heimbach die Trauerfeier für Familie Tomms statt.

Der Mord an Rolf Tomms war seit Tagen das Hauptgesprächsthema in Heimbach. Auch der Tod seiner Frau und des neugeborenen Kindes hatte alle Heimbacher erschüttert. Entsprechend groß war der Andrang bei der Trauerfeier. Weil die Kirche für die große Trauergemeinde viel zu klein war, wurde die Messe mit Lautsprechern auf den Kirchplatz übertragen.

Es war eine bewegende Feier.

„Und nun singen Peter und Kläuschen für die lieben Verstorbenen das Lieblingslied ihrer Mutti", kündigte der Pastor zum Abschluss der Messe an.

Es wurde mucksmäuschen still, nur die alte Frau Onckel schluchzte kurz auf.

Mit ihren hellen Kinderstimmen stimmten die Buben „Weißt du wie viel Sternlein stehen" an und sangen drei Strophen. Nicht nur die Frauen wischten sich die Tränen weg, verstohlen zückten auch einige Herren die Taschentücher, um ihre Augen zu trocknen.

Die Gemeinde war tief bewegt und verharrte noch eine Weile in nachdenklicher Stille, nachdem die Kinder ihren Gesang beendet hatten.

„Du hast wieder falsch gesungen", flüsterte Peter seinem kleinen Bruder zu. „Du lernst es nie, es heißt blau und nicht grau." Kläuschen empörte sich lautstark.

„Du bist gemein. Vor allen Leuten hier machst du mich schlecht. Es hat doch niemand gemerkt."

Diese Bemerkung erlöste die Gemeinde aus ihrer Ergriffenheit.

*****

In der alten Sägemühle hatte sich inzwischen das Leben - so weit es eben - ging normalisiert.

Die alten Onckels waren wieder in die alte Sägemühle eingezogen und kümmerten sich um die
Kinder. Inge blieb in Heimbach, um ihre Eltern zu
unterstützen.

Die beiden Buben liebten ihre Großeltern sehr. Die
Großmutter hatte eine Freundin mitgebracht, eine
Psychologin, die den Kindern in ihrer häuslichen
Umgebung ganz unbemerkt dabei helfen sollte, den
Verlust ihrer Eltern zu verarbeiten. Sie sang mit
ihnen und las lustige Geschichten vor, aber Peter
mochte sie nicht leiden, er ging ihr möglichst aus
dem Weg und hielt sich lieber bei seinem Großvater in der Küche oder an den Teichen auf.

Früher war Opa Onckel der Küchenchef. Mit
Interesse beobachtete er, dass sich Vieles seit
seiner Zeit verändert hatte. Die Arbeitsgänge
waren, obwohl automatisiert, die gleichen wie
früher. Doch die Verwaltung mittels Computer war
ihm fremd. Er freute sich über die gute Zusammen-
arbeit des gesamten Küchenteams. Ein Azubi
weckte seine besondere Aufmerksamkeit, denn
dieser kümmerte sich mit Begeisterung um eine
Neuerung auf der Speisenkarte. Der alte Herr
Onckel belächelte zwar das Gericht mit den
Bitterfischen, denn er hatte die Sache mit den
Rümpchen nur als Marotte seines verstorbenen
Schwiegersohns betrachtet und nun setzte ein
junger Koch diese Schnapsidee fort. Er beobachtete
die Zubereitung der Rümpchen mit Neugier.

Besonders gern fuhr Peter mit seinem Opa zu seinem Häuschen am Stadtrand, wo er in seinem Garten zwei Bienenvölker hielt. Peter hatte großen Respekt vor Bienen, weil er wusste, dass Bienenstiche sehr schmerzhaft sein konnten. Eine Biene hatte vor einiger Zeit seinem kleinen Bruder in die Hand gestochen, er hatte fürchterlich gebrüllt. Die Hand war ganz dick geworden und schmerzte tagelang.

Doch Peter konnte so etwas nicht passieren, denn sein Opa hatte vorgesorgt. Er hatte ihm einen richtigen Imkerschutz gemacht. An Omas ausgedienten Sonnenhut mit breiter Krempe hatte er eine alte Tüllgardine getackert, die man unterhalb der Taille zubinden konnte, sodass keine Biene an ihn heran kommen konnte. Mutig näherte er sich den Bienenstöcken und beobachtete, wie die Bienen ein- und ausflogen und der Opa die Rahmen mit den gefüllten Waben aus den Kisten heraus nahm und durch leere ersetzte. Sie probierten den frischen Honig. Er schmeckte köstlich.

*****

Die Kölner Versicherungsgesellschaft wollte die hohe Summe der Lebensversicherung von Baron Bähringen nicht auszahlen, weil sie die Abhöraktion von Kommissar Kanninenberger als nicht legal einstufte und ein Fremdverschulden am Tod des Barons nicht anerkennen wollte. Dr. Siebert vertrat die Interessen seiner Mandantin energisch und erreichte nach zähen Verhandlungen, dass die Versicherung Ende August die beachtliche Summe von drei Millionen Euro an die Witwe zahlte. Das geschah rechtzeitig vor der ersten Verhandlung über den Mord an Kanninenberger und Tomms. Der Rechtsanwalt konnte nun eine völlig neue Interpretation der Tat konstruieren, weil die Baronin - auf seinen Rat hin - einen großen Teil des Geldes den Hinterbliebenen der Opfer zukommen lassen wollte.

In seiner Verteidigung beschrieb er die Täterin als völlig verzweifelte Frau, die nur aus Verwirrung und innerer Not Kommissar Kanninenberger und Rolf Tomms erschossen hatte. Sehr ausführlich schilderte er ihre Bestürzung über das Geschehen, ihre Gewissensbisse und ihre Reue. Mit Geld könne sie zwar die beiden nicht mehr lebendig machen, aber das Leid der Angehörigen ein wenig mildern.

Dr. Siebert lehnte sich entspannt zurück. Sein Plädoyer musste auch den strengsten Richter davon überzeugen, dass seine Mandantin keine kaltblütige und geldgierige Mörderin war, sondern nur eine von Trauer verwirrte Frau.

*****

Gerd hatte ein freies Wochenende und überraschte Inge mit seinem unverhofften Besuch. Sie fiel ihm vor Freude um den Hals und drückte ihm einen dicken Kuss auf den Mund. „Endlich!! Ich freu mich ja so, dass du wieder hier bist. Ich habe dich so sehr vermisst."

„Ich dich auch." Er nahm sie in die Arme und wirbelte sie durch die Luft. „Das ganze Wochenende haben wir für uns."

Die Kinder hatten Gerds Auto im Hof entdeckt und rannten ins Büro. Es war eine stürmische Begrüßung. Gerd nahm beide Buben auf den Arm und knuddelte sie. „Du musst mit uns kommen, wir müssen dir was zeigen." Sie zogen ihn fort und er wehrte sich zum Schein. „Wir bringen ihn dir gleich zurück, Inge."

Inge durchblätterte in der Zwischenzeit die Post, den Brief von einem Rechtsanwalt aus Köln öffnete sie zuerst.

Sie überflog den Text und konnte nicht begreifen, was sie da las. Immer und immer wieder las das Schreiben durch.
Als Gerd zurück kam gab sie ihm den Brief. „ Der will uns verarschen. Es kann doch nicht wahr sein, dass dieses verrückte Weib uns so viel Geld schenkt."

Gerd studierte das Schreiben. „Ich kenne diesen Dr. Siebert, er ist ein angesehener Anwalt in Köln. Und die Idee ist doch nicht schlecht. Mit Geld will sich Frau von Bähringen von ihrer Schuld freikaufen."

„Sechshunderttausend   Euro, das ist doch   ein Vermögen." Inge konnte es nicht glauben.

„Freu dich doch darüber, du kannst das Geld für die Kinder anlegen."

„Und endlich die Zimmer im alten Trakt auf den neusten Stand bringen. Und die Kredite abzahlen. "

„Außerdem solltest du Rolfs Traum erfüllen und die Zuchtanlage für die Elritzen bauen lassen."

„Und, und, und. Das ist nicht wahr!!

Es wurde wahr. Eine Woche später war das Geld auf dem Konto des Hauses.

*****

Herbert öffnete zaghaft die Tür zu Rolfs Büro. Seit dem Tod seines Chefs hatte er diesen Raum nicht mehr betreten, sein Herz pochte wie verrückt, am liebsten würde er weglaufen. Inge bemerkte seine Unsicherheit und legte ihre Hand auf seine Schulter. „Komm Junge, du brauchst keine Angst vor diesem Zimmer haben", beruhigte sie den jungen Koch und wies ihm den Platz hinter dem Schreib-tisch zu, der mit Papieren übersät war. „Ich habe hier noch nichts angerührt." Sie schob ein paar Blätter zur Seite. „ Ordnung war nicht Rolfs Sache. Irgencwo muss mein Schwager eine Zeichnung von der Zuchtanlage haben. Durchsuch du schon mal diese Papiere hier, ich guck mal im Schrank nach." Herberts Angst war verflogen, er drehte sich im

Chefsessel hin und her, bevor er mit der Sortierung der zahlreichen Blätter begann.

Er legte mehrere Stapel an, für Werbung, Eisenbahnbau, Rezepte und Zeitungsausschnitte zu unterschiedlichen Themen. Aufzeichnungen über Elritzen waren nicht dabei. Ganz zu unters fand er eine Postkarte: „Wer Ordnung hält ist nur zu faul zum Suchen." Ein Grinsen huschte über sein Gesicht und er stellte die Karte vor die Schreibtischlampe.

Auf der linken Seite des Schreibtisches waren mehrere Schubladen. In der obersten fand er eine Mappe mit den gesuchten Informationen über die kleinen Fische und auch das Bild von der Zuchtanlage. Er stieß einen Freudenschrei aus. „Inge ich hab's."

Gemeinsam durchstöberten sie den Inhalt der Mappe. Rolf hatte ausgiebig recherchiert und alle Ergebnisse mit Datum festgehalten. Das Bild aus dem Jahr 2010 hatte auf der Rückseite den Vermerk: Die einzig brauchbare Zuchtanlage, die ich gefunden habe. Kostet etwa 25000 Euro.

„Das ist viel Geld", stellte Herbert fest", aber wenn man bedenkt, dass eine Elritze im Einkauf einen Euro kostet, rentiert sich die Anschaffung in kurzer Zeit, achtzigtausend Fische kann man damit im Jahr großziehen", rechnete er aus. „Das ist eine Riesenmenge", warf Inge ein, „so viele Fische können wir in einem Jahr doch gar nicht verkaufen."

„Überlege mal", dachte Herbert laut nach. „Das macht achttausend Portionen. Wenn wir jeden Tag 10 Portionen verkaufen sind es 3650 Fische im Jahr, also schon mal knapp die Hälfte. Und wenn die anderen Hotels und Gaststätten hier in Heimbach mitziehen, wird die zweite Hälfte ebenso schnell verkauft sein. Wenn nicht, kann uns der Fischerei- verein die restlichen Fische abkaufen. "

„Du redest wie mein Schwager", lachte Inge. „Rolf war von seiner Rümpchen – Idee auch so überzeugt wie du. Es muss schon ein Wunder geschehen, wenn die erfolgreich verwirklicht werden soll". „Wunder gibt es immer wieder", summte Herbert, „warte nur ab."

Sie durchsuchten den Inhalt der Mappe weiter. „Schau mal, hier wird beschrieben, wie man Fische streift. Ich habe schon mal zugeguckt, wie der Chef das gemacht hat, aber Einzelheiten habe ich vergessen. Wie gut, dass er alles dokumentiert hat und uns dadurch die lange Suche im Internet erspart bleibt."

Inge sah sich die Aufnahme von der Zuchtanlage noch einmal an. „Von diesem Bild werde ich Kopien für unseren Installateur und den Elektriker machen, damit sie sich mit der Materie vertraut machen können und uns bald einen Kostenvoranschlag vorlegen können." Herbert machte ein paar Umdrehungen in seinem Sessel. „Ich kann es kaum abwarten!" „Geduld, Geduld, wenn's Herz auch bricht", hat meine Mutter immer gesagt. Komm, für heute haben wir genug gesehen."

*****

Dem heißen trockenen Sommer folgte ein früher Herbst. In diesem Jahr war er besonders farbenprächtig. Das Laub der Buchen war ockergelb und in verschiedenen Rottönen gefärbt, die Eichen mit ihrem stumpfen Braun und der Bergahorn mit seinen leuchtendgelben Blättern bereicherten das farbenfrohe Bild. Vereinzelte Fichten setzten dunkelgrüne Akzente.

Leider war der Herbst sehr regenreich. Diese trübe Zeit nutzte Peter für sein neues Hobby. Er hatte Papas Kamera und das Laptop bekommen, der kleine Bub experimentierte viel mit dem Fotoapparat. Sein Opa hatte ihm die verschiedenen Einstellungen für bestimmte Motive erklärt. Peter war ein wissbegieriger Schüler, er begriff schnell und hatte in kurzer Zeit schon viele brauchbare Fotos von Blumen, Tieren und Wolken geschossen. Wie sein Vater hatte er den richtigen Blick für die kleinen Schönheiten der Natur.

Bei der Bedienung des Laptops konnte der Opa ihm nicht helfen, denn er stand mit der neuen Technik auf Kriegsfuß und befasste sich aus Überzeugung nicht mit dem Teufelszeug. Aber da sprang Inge ein. Sie brachte Peter nach und nach die ersten Schritte in der digitalen Welt bei. Das war eine faszinierende Sache! Der Großvater staunte über seinen Enkel und beneidete ihn ein wenig, weil er so mühelos und schnell mit dem Computer arbeiten konnte.

*****

Endlich war es so weit! Am ersten Wochenende im Oktober war die Elritzen-Zuchtanlage einsatzbereit. Installateur Brommer war sichtlich stolz auf sein Werk und neugierig auf die Inbetriebnahme. Gerd war an diesem Wochenende auch in Heimbach und Michael Milger war Inges Einladung zur Einweihung gerne gefolgt. Herbert hatte alles gut vorbereitet.

Pünktlich zum Einweihungstag waren die Elritzen im Zugerglas geschlüpft. Stolz führte der junge Koch die Gäste in den Gewölbekeller, in dem die Anlage untergebracht war. Inge und die beiden Kinder folgten ihnen.

„Ich darf den Wasserhahn aufdrehen", krähte Kläuschen „und Peter dreht ihn wieder zu." „Langsam, langsam." Inge bremste die Buben. „Zuerst erklärt uns Herbert, wie die Anlage hier funktioniert."

Herbert zeigte auf ein Rohr an der Gewölbedecke. „Hier kommt das Wasser aus unserem Mühlbach an und läuft über diese Spule in ein Auffangbecken. Die Spule spaltet das Wasser, damit sich das darin enthaltene Gas verflüchtigen kann. Durch diese Leitung fließt das Wasser in die Aufzuchtbecken und wird dabei mit ultraviolettem Licht bestrahlt, um die Keime abzutöten.

„Man muss nicht alle Becken auf einmal füllen", fiel Peter ihm ins Wort. „Heute füllen wir nur Nr. 1, weil wir noch nicht so viele Eier haben. Dürfen wir das Wasser jetzt einlaufen lassen?" Herbert nickte und Kläuschen drehte stolz den Wasserhahn an Becken 1 auf.

„Was bezwecken die kleinen Armaturen an jedem der Becken?", wollte Herr Milger wissen.

„Das sind die vollautomatischen Futterautomaten. Die brauchen wir aber noch nicht, weil sich die frisch geschlüpften Elritzen in den ersten Tagen von ihrem Dottersack ernähren. Erst nach 6 bis 7 Tagen bekommen sie feines Plankton. Ach ja, wichtig ist auch noch die Reinigungsanlage."

Herbert zeigte auf die drei Bottiche, die neben jedem Aufzuchtbecken standen. „Der erste Pott ist der Schlammsammler, der Zweite ein Kiesfilter und der Dritte der Feinfilter. Nach der Reinigung wird das Wasser wieder ins Aufzuchtbecken zurückgepumpt. So sparen wir viel Wasser, etwa 90%."

Dann wandte er sich dem Zugerglas zu, in dem die Elritzen geschlüpft waren. Vorsichtig leerte er das

Glas mit den winzigen Fischen - und den noch nicht aus dem Ei geschlüpften - in ein Sieb, das er im Aufzuchtbecken aufhängte. „Durch die kleinen Löcher hindurch können die Elritzen auf den Grund des Aufzuchtbeckens gelangen. Dort werden sie die nächsten 5 bis 7 Tage im Kies bleiben und sich kaum bewegen. Wie schon gesagt, ernähren sie sich in dieser Zeit aus ihrem Dottersack. Nach dieser Zeit sind sie etwa 7 Millimeter groß, schwimmen und werden gefüttert. Den Besatz für die nächste Zucht bereite ich schon vor."

Er führte die Besucher zu einem Tisch, auf dem ein flacher Wasserbehälter mit einigen Fischen stand.

„Zuerst muss ich die Fische betäuben." Mit einer Pipette tropfte er einige Tropfen Nelkenöl ins Wasser. Die Fische schliefen schnell ein. Dann holte er die Weibchen aus dem Wasserbad und streifte ihnen mit leichtem Druck auf den Bauch vom Kopf her hinunter zum After die Eier aus dem Körper und sammelte sie in einem tiefen Teller. Dasselbe machte er dann mit den Männchen um die Milch zu erhalten. Mit einer Spritze voll Wasser spülte er ganz behutsam die Spermien vom Tellerrand zu den Eiern, er musste sehr vorsichtig vorgehen, weil die Eier nicht mit Wasser in Berührung kommen durften. Mit einer Feder mischte er die Spermien mit den Eiern. Die befruchteten Eier füllte er in ein neues Becken und deckte sie mit frischem Wasser zu, damit sie aufquellen konnten.

„Jetzt haben wir ungefähr eine Stunde Zeit bis sich der Umfang der Eier etwa verdoppelt hat, dann geht es weiter." „ In der Zwischenzeit gehen wir was Trinken", schlug Inge vor. „Ich will eine Limo." „Du willst gar nichts." „Ich möchte gerne eine Limo." Auf der Terrasse tranken sie Kaffee und die Kinder bekamen ihre Limonade.

„Du bist ja ein richtiger Experte für Fischzucht geworden", lobte Michael Milger den jungen Koch. "Erkläre mir aber bitte, warum die Fischeier nicht mit Wasser in Berührung kommen dürfen." Herbert klärte den Journalisten auf. „Sobald ein Ei mit Wasser in Berührung kommt, quillt es auf und die Öffnung, durch die die Samen eindringen können, verschließt sich. Deswegen darf beim Streifen kein Wasser an das Ei kommen." Er war richtig stolz, dass er sein Wissen an Milger weitergeben konnte.

Milger nippte an seinem Kaffee und naschte von dem Gebäck, das Inge bereitgestellt hatte. Sie plauderten noch eine Weile, bis Herbert sie aufforderte, wieder in den Fischkeller zu gehen. Dort unten gab er die Eier in ein Brutglas. Zuvor hatte er sie mit einer Gerbsäure gewaschen, um deren Verkleben zu verhindern. Von unten her wurde dem Glas Frischwasser zugeführt, damit die Eier immer in leichter Bewegung blieben.

„Wie lange dauert nun die Brutzeit?", erkundigte sich Gerd.

„Die Zeit hängt von der Wassertemperatur ab. Bis zum Schlüpfen brauchen die Elritzen etwa 82 Tages-Grade."

„Was bedeutet das nun schon wieder?", wollte Milger wissen.

„Tagesgrade geteilt durch die Wassertemperatur, das ist die Anzahl der Tage bis zum Schlüpfen. Unser Wasser hat eine Temperatur von 16 Grad. Also 82:16, das ergibt 5. Die Fische schlüpfen also nach 5 Tagen. Dann kann ich sie ins Aufzuchtbecken geben."

„Toll", bemerkte Milger. „ Dann können wir ja bald die Werbetrommel für eure Rümpchen rühren. Sie müssen wieder im ganzen Land berühmt werden, wie früher."

"Sie wachsen aber nur sehr langsam. Außerdem dauert es 1 bis 2 Jahre, bis sie geschlechtsreif werden. Gott sei Dank, haben wir noch Vorrat für einige Zeit."

Ganz beiläufig richtete Michael Milger Grüße von Evelyn an Inge und Gerd aus. Inge presste ihre Lippen aufeinander und sagte nichts. Gerd schaute mit versteinertem Blick an ihm vorbei.

„Sie hofft sehr, dass Sie ihr eines Tages verzeihen können." Bei Frau von Bähringen hatte sich Inge in einem Brief kurz und förmlich für die Geldzuwendung bedankt. Mehr nicht.

„Sicherlich wissen sie, dass Evelyn zu 10 Jahren Haft verurteilt worden ist und als Freigängerin in einem Kinderheim arbeitet."

„Ja, sie hat sich frei gekauft", meinte Gerd verbittert.

„Nein, Evelyn hat sich in der Haft sehr verändert. Früher hat sie nur an ihren Vorteil gedacht, heute ist sie nicht mehr so selbst bezogen."

Michael Milger fühlte, dass das Thema Evelyn nicht willkommen war, daher verabschiedete er sich schnell.

Bevor er die alte Sägemühle verließ ging er mit Herbert in die Küche, um die Rümpchen noch einmal zu probieren. Sie schmeckten ihm ausgenommen gut.

„Kann ich zwei von den eingelegten Elritzen und etwas von dem Sud zum Mitnehmen bekommen?", bat er Herbert.

„ Ich habe da eine Idee."

*****

Inge kuschelte sich an Gerd. „Kannst du verstehen, dass ich manchmal froh bin, dass Rolf nicht mehr lebt? Er hat gemordet und säße jetzt im Gefängnis. Meine Familie hätte das nicht verkraftet. Wie viel Jahre hätte er wohl bekommen?" Gerd strich ihr übers Haar.

"Ja, er hat Baron von Bähringen erschossen, aber ein gemeiner Mörder ist er deswegen nicht. Ich habe mir Kannis Aufzeichnungen immer wieder angehört und angesehen. Dabei bin ich zu dem Schluss gekommen, dass der Baron unserm Rolf diesen Schuss richtig gehend aufgezwungen hat. Natürlich hätte er nicht schießen dürfen, die Richter hätten ihn aber nicht wegen Mordes, sondern nur wegen Totschlags verurteilt. Mach dir keine weiteren Gedanken mehr darüber."

„Das ist leicht gesagt. Ich habe oft schlaflose Nächte deswegen. Und die Frau tut mir Leid."

„ Sie hatte schon lange Zeit ein Verhältnis mit diesem Milger und wird sich gefreut haben, von dem alten Fiesling befreit worden zu sein."

„Du bist gemein, wie kannst du so herzlos über eine Frau reden, die gerade ihren Mann verloren hat." „Sie hat nicht aus Verzweiflung, sondern aus Geldgier das Leben von zwei Menschen ausgelöscht." Gerd hatte den Schmerz über den Tod seines Freundes noch nicht überwunden.

„ Ich werde ihr trotzdem einen lieben Brief schreiben."

„Ach, lass uns schlafen. Gute Nacht." Sie gaben sich noch einen letzten Kuss. Beide lagen noch lange wach.

*****

Alle zwei Wochen mittwochs kegelte Bürgermeister Mommser mit den Ratsherren in der Tenne. Er war ein guter Kegler und traf als Erster alle neune, worauf er eine Runde Els bestellte. Die Kegelbrüder klatschten Beifall.

Gut Holz!

Sie leerten ihre Schnapsgläser mit einem Zug. Dann holte Mommser eine Seite seiner Tageszeitung aus der Tasche. „Habt ihr das gelesen? Ich habe diesen kurzen Artikel fast übersehen. Die Onckels müssen verrückt sein. Sie haben doch tatsächlich eine Zuchtanlage für ihre Elritzen gekauft."

Als Leser der Rundschau wussten die anderen Herren nichts davon, denn der Bericht war nur im Kölnischen Tagesblatt erschienen. Einer nach dem anderen las den kurzen Bericht.

„Was haben diese Onckels nur an diesen kleinen Fischen gefressen? Es ist doch Mumpitz. So etwas kann man doch heutzutage keinem servieren"

„ Es ist doch schwachsinnig, so mittelalterliche Gerichte auszugraben."
„Lächerlich."
Über die Debatte vergaßen die Herren das Kegeln und waren sich einig darüber, dass man mit Elritzen keine Werbung für Heimbach machen sollte.

„Ich schaue mir die Anlage auf jeden Fall mal an", tat der Bürgermeister kund. „Kommt jemand mit?"

Tags darauf besuchten die Ratsherren die alte Sägemühle, um die Fischzuchtanlage zu bewundern.

Einen Tag später waren alle Fische tot.

Fassungslos starrte Herbert auf die Aufzuchtbecken, in denen seine geliebten Elritzen an der Wasseroberfläche trieben. Mit Tränen in den Augen alarmierte er Inge. Sie war ebenfalls schockiert.

„Sabotage", meinte Herbert. „Das können nur die Herren gemacht haben, die gestern so intensiv die Anlage begutachtet haben."

*****

Gerd saß an seinem Schreibtisch und schaute auf die Birke vor seinem Bürofenster. In der Nacht hatte es geregnet, die Tropfen auf den Blättern glitzerten in der Sonne, ein leichter Wind schüttelte sie ab und sie fielen blinkend zu Boden. So weinen Bäume, dachte Gerd.

Von einem Schreibtisch aus beobachtete Hauptkommissar Weberknecht seinen nachdenklichen Mitarbeiter. Er rätselte schon seit einiger Zeit, ob Gerd nur traurig oder verliebt sei.

Gerd hatte sich vorgenommen, heute endlich mit seinem Chef zu reden. Da klingelte sein Telefon. Inge hatte ihn noch nie während der Dienstzeit angerufen, es musste etwas Ungewöhnliches geschehen sein.

Inge berichtete ihrem Freund aufgeregt, welches Chaos sie im Fischkeller angetroffen hatte.

„Beruhige dich Liebes, du musst sofort Anzeige gegen Unbekannt erstatten und das Wasser untersuchen lassen", befahl ihr der Kommissar.

Hauptkommissar Weberknecht verfolgte das Gespräch aufmerksam.

"Nun?", fragte er „ Was ist los?"

„Die gesamte Fischbrut der Sägemühle ist vergiftet worden."

„Neider!", meinte Weberknecht kurz.

Gerd druckste herum. „Chef, ich wollte immer schon fragen, ob du mich nach Düren versetzen kannst. Inge braucht Unterstützung. Kannst du mich nicht in die Nähe von Heimbach versetzen?"

„Mein Gott, was willst du denn in der Provinz. Ich wollte dich hier zu meinem Nachfolger machen."

Gerd reichte seinem Chef einen Zettel über den Schreibtisch. „Diesen Brief habe ich gestern bekommen."

Liber Gerd, heute haben wir Papa, Mama und meine kleine Schwester im Wald besucht. Weißt du, Papa hat heute Geburtstag. Der Walt ist jetzt schöhn bunt, aber kein Baum hat so schöhne gelbe Blätter wie Papas Baum. Der ist nämlich ein Bergahorn. Es war kalt und windig. Wir haben

Sterntaler geschpielt und die goldenen Blätter aufgefangen und gesammelt. Wenn sie trocken sind, kommen sie in meine Schatzkiste. Inge ist jetzt meine Mama. Willst du nicht mein Papa sein? Fiehle Grüsse dein Peter. Komm bitte balt wieder.

Der sonst so abgehärtete Oberkommissar schluckte und räusperte sich bevor er sagte: „Ich verstehe dich sehr gut. Mal sehen, was sich machen lässt. Aber erst beenden wir hier unseren Problemfall. Dann sehen wir weiter."

****

Ein paar Tage später erhielt Inge die Analyse der Wasseruntersuchung. Das Labor hatte Spuren von Schwefelsäure im Aquarienwasser entdeckt. Schon eine geringe Menge der Säure konnte die empfindlichen Fische töten. Von den Herren, die den Fischkeller zuletzt besucht hatten, kam als Täter eigentlich nur Bürgermeister Mommser in Frage, der als Apotheker die Wirkung der Schwefelsäure kennen musste und das Gift vorrätig haben konnte. Es war allen bekannt, dass er sich bei jeder Gelegenheit abfällig über die Rümpchen geäußert hatte, aber beweisen konnte man ihm die Tat nicht. Gerd wartete nun darauf, dass sich Mommser selbst verraten würde.

*****

Michael Milger kam regelmäßig nach Heimbach und es entstand schnell eine echte Freundschaft zwischen Gerd und dem Redakteur, weil sich beide für die Rümpchen einsetzten. Gerd war für den praktischen Teil zuständig. Michael für Public Relation und seine guten Ideen wurden nach und nach verwirklicht.

Zu allererst mussten die Rümpchen im Land bekannt werden.

Dazu brauchte Michael Hilfe. Er glaubte, dass sein Freund Lalonga ihm dabei helfen könnte und brachte ihm eine Portion der Rümpchen mit nach Köln.

„Phantastisch", lobte Lelonga die Probe und leckte sich die Lippen. „Ausgezeichnet. Woher hast du die Fische, Michael?" „Aus Heimbach." Schon jetzt wusste Michael, dass er den Sternekoch für sein Vorhaben gewonnen hatte.

„Du bist doch mit Horst Dunkelmann befreundet. Zumindest kennst du ihn gut. Kannst du ihn nicht für diese Leckerei begeistern und zu einer neuen Show animieren?"

Dunkelmann war eine viel beschäftigte Größe beim Fernsehen, er moderierte diverse Koch- und Ratesendungen und war beim Publikum sehr beliebt.

„Ich werde es versuchen."

*****

Lalongas Bemühungen waren erfolgreich. Ein paar Tage später saßen Milger, Dunkelmann, ein Redakteur und der Programmdirektor vom WDR in der alten Sägemühle zusammen und bereiteten zusammen mit Inge die neue Sendung vor. Nach einigen Runden Bier und Els stand das Programm und Inge zog sich zurück. Sie spürte wie der Alkohol ihre Sinne getrübt hatte und fühlte in der richtigen Stimmung, um nun endlich den Brief an Frau v. Bähringen zu schreiben. Während sie sich noch einen Els gönnte, überlegte sie, wie sie Frau von Bähringen anreden sollte. „Liebe Frau" oder gar „Sehr geehrte Frau" kam für sie nicht infrage, also begann sie das Schreiben einfach mit „Hallo"

Es wird langsam Zeit, dass ich Ihnen erzähle, wie es um die Rümpchenzucht steht. Mit der Zuchtanlage, die wir Dank Ihrer großzügigen Zuwendung kaufen konnten, haben wir inzwischen so viele Fische ziehen können, dass wir mit der Vermarktung der Elritzen beginnen können. Herr Milger unterstützt uns tatkräftig dabei.

Ich habe immer noch ein schlechtes Gewissen, weil ich mich Ihnen gegenüber so abweisend benommen habe. Dabei sollte ich Ihnen dankbar sein. Es ist traurig, dass die Kinder ihren Vater verloren haben und Sie Ihren Mann. Ich dürfte eigentlich gar nicht so denken, aber ich glaube, dass die Jungen mit einem toten Vater besser zurechtkommen als mit einem Vater, der wegen Mordes im Gefängnis sitzt.

Sie wären dem Spott der anderen Kinder ausgesetzt. Wie ich meinen Schwager kenne, hätte er die Zeit im Gefängnis nicht überstanden. Sie sitzen jetzt Ihre Strafe im Gefängnis ab und können dank eines guten Anwalts mit Ihrer baldigen Entlassung rechnen. Darüber freue ich mich sehr. Lassen Sie uns die schlimmen Taten verzeihen und vergessen. Viele Grüße Inge Onckel

Inge war sich nicht sicher, ob sie den Brief wirklich abschicken sollte, aber sie brachte ihn am nächsten Tag zum Briefkasten.

*****

Kommissar Weberknecht erhielt eine E-Mail vom Morddezernat aus Düren. Ein Polizeibeamter suchte aus familiären Gründen eine Anstellung in Köln. Weberknecht dachte gleich an Gerd, der gerne in die Nähe von Heimbach versetzt werden wollte. Mit einem Mitarbeitertausch könnten gleich zwei Fliegen mit einer Klappe geschlagen werden. Er trennte sich nur ungern von Gerd, aber weil er sich sicher war, dass er durch diese Versetzung zwei Menschen glücklich machen würde, nahm er den Tausch in Kauf.
Dann ging alles sehr schnell. Weberknecht bereute seine Entscheidung nicht. Im Gegenteil, der Neue war ein wirklich angenehmer Zeitgenosse und tüchtig obendrein.

Der Umzug von Köln nach Heimbach war keine große Sache. Gerd überließ die wenigen Möbel, die er besaß, seinem Nachfolger in der Wohngemeinschaft. Nur das Schränkchen für seine Noten nahm er mit. Die wenigen persönlichen Dinge waren schnell eingepackt, die Geige, ein Stapel Noten und Bücher.

*****

Inge und die Kinder waren überglücklich, dass Gerd für immer bei ihnen bleiben konnte. Sie lebten jetzt wie eine richtige Familie zusammen. Peter hörte gerne zu, wenn Gerd Geige spielte. Inge bekam auch wieder Lust und übte fleißig. Seit Jahren hatte sie ihr Instrument nicht mehr in Händen gehabt und es dauerte eine Weile, bis sie sich wieder eingespielt hatte. Gerd war nicht nur für Inge ein geduldiger Lehrer, sondern auch für Peter, der auf der ¾ Geige aus Gerds Kindertagen die ersten Töne kratzte. Bis Weihnachten wollten die drei wenigstens ein Weihnachtslied einüben. Kläuschen sollte nicht tatenlos zuhören, er bekam einen Triangel, mit der er begeistert den Takt schlug.

Weihnachten wurde trotz Trauer lustig.

*****

Die Aufzeichnung der neuen Rümpchen- Sendung fand im Januar in der alten Sägemühle statt.

Achtung, Aufnahme.

Zuerst war Dunkelmann mit seinem schelmischen Lächeln zu sehen, dann holte die Kamera ein rundes Glas ins Bild. Großaufnahme. In dem Glas tummel - ten sich unzählige kleine Fische.

„Guten Abend, meine sehr verehrten Damen und Herren", begrüßte Horst Dunkelmann die Zuschauer und zeigte auf das Glas.

„Das sind Bitterfische", erklärte er, "die Hauptnah- rung für Eisvögel und Forellen. Ich habe aber heute keine bunten Vögel und stumme Fische eingeladen, sondern uns allen gut bekannte Menschen. Es wird in dieser Sendung auch nicht um Wissen und schnelle Antworten gehen, wie in meiner Quizshow und es werden auch keine Gerichte getestet wie in meiner Sendung „Dunkelmann testet", sondern meine Gäste sollen heute nur genießen und sich eine Köstlichkeit in aller Ruhe auf der Zunge zergehen lassen. Schon vor Jahrhunderten waren die Fische ein Verkaufsschlager von Heimbach. Ein findiger Wirt will dieses Geschmackserlebnis wieder zum Leben erwecken."

Dann nahm die Kamera die Gäste ins Visier, die am Empfang ihren Begrüßungssekt tranken. „Darf ich Ihnen zuerst meinen Onkel, den Erzbischof von Cöllen, vorstellen? Brille und Pralle, die Kommissare der Tatortreihe aus Münster, kennen Sie ja und deren Kollegen aus Köln ebenfalls. Dann möchte ich Ihnen noch Günnar Jubel vorstellen, den zurzeit beliebtesten Moderator und - last not least - Ilse, die Schönheitskönigin von Deutschland."

Bevor das Essen serviert wurde, schickte Dunkelmann alle in den Fischkeller, wo Herbert voller Stolz den Damen und Herren vortrug, was er über Elritzen und deren Zucht wusste. Erst danach wurde am runden Tisch in der spanischen Stube das Essen aufgetragen und ein Wein dazu gereicht, der den Testessern außerordentlich gut schmeckte und von dem sie reichlich genossen. Die Stimmung wurde entsprechend lockerer.

„Nun, was sagen Sie zu den Rümpchen?" Horst Dunkelmann wischte sich mit seiner Serviette den Mund ab, bevor ein weiteres Glas Wein an seine Lippen setzte. Erwartungsvoll schaute er in die Runde.

„Sehr lecker!!", zwitscherte Ilse mit ihrem hohen Stimmchen. „Wirklich!"

„Hervorragend, ganz hervorragend!", meinte auch Günnar Jubel.

Die Kölner stimmten ihm zu.

Der Erzbischof nahm noch einem Schluck aus seinem Glas. „Hervorragend, das ist nicht nur eine köstliche Fastenspeise, nein, eine Delikatesse für das ganze Jahr. In der nächsten Woche fliege ich nach Rom und würde dem Heiligen Vater gern eine Kostprobe mitnehmen, wenn es möglich ist."

Dunkelmann schaute voller Anerkennung zu Gerd herüber, der fleißig Wein nachschenkte.
Der Erzbischof begann mit seiner Donnerstimme Witze zu erzählen, einen nach dem anderen. Dunkelmann kam gar nicht mehr zu Wort.
Brille und Pralle tuschelten miteinander, schnippten mit Daumen und Zeigefinger im Takt, abwechselnd mit der rechten und linken Hand und wiegten ihre Oberkörper ruckartig hin und her. Dabei hatten sie einen höllischen Spaß. Und dann rappten Brille und Pralle los:

„Die kleinen Elritzen
Können nicht mehr flitzen
Durch Bäche und durch Seen.
Yeah.
Nicht mehr flitzen
Die Elritzen.
Yeah
Wir könn' sie nicht mehr sehn
In Bächen und in Seen
Die kleinen Elritzen,
Die nicht mehr flitzen.
Yeah
Was ist geschehn?
Sie heißen ab jetzt Rümpchen
Und landen in den Kümpchen

Von Fein-schme-ckern.

Yeah
So haben wir es gern.
Die kleinen Elritzen
Können nicht mehr flitzen,
oh je."
Dunkelmann war empört darüber, dass seine
Sendung so eine alberne Wendung genommen
hatte, aber als er bemerkte, dass der Erzbischof
belustigt mitsang und den Takt dazu klatschte,
änderte er doch seine Meinung und sang ebenfalls
mit:

„Ich sage euch als Kenner
Die Rümpchen sind DER Renner.
Yeah."

Brille kletterte auf seinen Stuhl und schmetterte los:

„Wer dieses nicht erkennen kann, den seh' man mit
Verachtung an."

Und jeder, der diese Zeile kannte stimmte mit ein.
„Den seh' man mit Verachtung an." Dann sangen
alle wieder:

„Die kleinen Elritzen
Können nicht mehr flitzen."
Dunkelmann winkte dem Kameramann zu, dass er
mit dem Dreh abbrechen möge, aber der hatte
gerade den rappenden Erzbischof im Visier und

amüsierte sich köstlich über den alten Herrn. Schade, dass er nicht in seinem vollen Ornat hier ist, dachte er.

*****

Milger war überglücklich, in seinen kühnsten Träumen hätte den immensen Erfolg der Sendung nicht erwartet. Die Einschaltquote war nicht übermäßig hoch. Dunkelmann war mit seinen Sprüchen nicht zum Zuge gekommen, aber die Gesangseinlage der Tatortgrößen und der rappende Bischof sorgten dafür, dass die Sendung in Windeseile im ganzen deutschsprachigen Teil Europas bekannt wurde. Über drei Millionen Klicks erhielt sie in kürzester Zeit auf YouTube

Das Leben in der alten Sägemühle änderte sich nach der Sendung schlagartig. Hatte man bisher 6 bis 10 Portionen Rümpchen in der Woche verkauft, verdoppelte sich die Anzahl und stieg ständig weiter. Hinzu kam eine neue Herausforderung: Der Versand.

Die Onckels wurden mit Anfragen überschüttet. Inge hatte eine Standard-Antwort formuliert, die sie ganz einfach vervielfältigen konnte, aber die Küche war mit der Mehrarbeit überfordert. Gerd erwies sich als guter Logistiker und koordinierte alle Arbeitsschritte. Die Rümpchen wurden in Gläsern verschickt. Inge hatte eine ansprechende Ver-packung entworfen, ein Papier, das mit dem Bild einer Birkenrinde bedruckt worden war. Die Gläser wurden darin eingewickelt und mit einer grünen Kordel verschnürt. Ein Aufkleber in Form eines Birkenblattes mit der Aufschrift „Heimbacher Rümpchen" hielt das Päckchen zusammen. Das sah richtig edel aus.

Die erste Sendung ging tatsächlich nach Rom. Nach kurzer Zeit musste die Zuchtanlage erweitert und das Küchenpersonal aufgestockt werden.

Inge druckte das Packpapier nicht mehr selber. Sie ließ es in Monschau herstellen und auf der Rückseite mit dem Rezeptvorschlag für einen passenden Salat versehen.

*****

In ganz Deutschland wurden die Rümpchen bekannt, nur in Heimbach selbst belächelte man sie als Marotte eines Hoteliers. Es zeigte sich mal wieder, dass der Prophet im eigenen Land nichts gilt.

Diese Geringschätzung änderte sich schlagartig, als in der Stadt bekannt wurde, dass der Vatikan einen Dauerauftrag für die nächsten Jahre erteilt hatte.

Bürgermeister Mommser staunte nicht schlecht darüber, aber als frommer Katholik freute er sich sehr darüber, dass ein Produkt aus seiner Stadt Anklang bei der hohen Geistlichkeit in Rom gefunden hatte. Rümpchen in der päpstlichen Küche, das adelte die kleinen Fische und er müsste Kapital für Heimbach daraus schlagen können.

Aber die Rümpchen waren praktisches und geistiges Eigentum der Onckels.

Seit dem Säureanschlag auf die Zuchtanlage hegten die Onckels ein berechtigtes Misstrauen gegen ihn, das er aus dem Weg räumen musste. Aber wie?

Seine Idee, dem Wappen der Stadt Heimbach zwei kleine Fische rechts und links von dem Schild mit dem schwarzen Löwen hinzuzufügen, wurde vom der Rat der Stadt nach einer kurzen Debatte freudig aufgenommen.

Bürgermeister Mommser skizzierte einen Entwurf für das neue Wappen, den er der Familie Onckel vorlegte.

„Damit wird Ihrer Mühe und Arbeit um die Wiederentdeckung der Rümpchen ein gebührendes Denkmal gesetzt", erklärte er.

Gerd erkannte in der Aktion einen Wiedergutmachungsversuch für die bisherigen Schikanen, Inge freute sich darüber.

Mommser ließ den Entwurf von einem Graphiker künstlerisch gestalten. Alle Broschüren, Informationen, Briefpapier der Stadt, Fähnchen und Fahnen wurden von nun an mit dem neuen Wappen gedruckt.

„Es ist schon merkwürdig", wunderte sich Inge. "So vehement wie er früher gegen uns gearbeitet hat, so eifrig bemüht er sich jetzt um unsere Rümpchen."

„Auch in Heimbach wird aus einem Saulus ein Paulus", stellte Gerd fest. Inge musste laut lachen. "Mommser- Mommper – schönes Wortspiel."

Fortan hieß der Bürgermeister bei den Onckels nur noch Mr. Mommper.

****

Die Baronin von Bähringen wurde im September aus der Haft erlassen. Sie veränderte ihr Leben grundlegend. Evelyn verkaufte die Villa ihres Mannes und erwarb dafür die Dachwohnung neben Michael und sie verbanden die beiden kleinen zu einer großen geräumigen Wohnung.

Ihr Aussehen veränderte Evelyn , weil sie nicht mehr als Frau von Bähringen erkannt werden wollte. Den langen blonden Zopf ließ sie abschneiden. Der neue Kurzhaarschnitt stand ihr ebenso gut wie die neue dunkelbraune Haarfarbe. Zur weiteren Tarnung trug sie eine moderne Brille mit Fensterglas.

Die größte Umstellung war der Namenswechsel. Sie wurde Frau Milger.

Die Hochzeit von Michael und Evelyn fand still und heimlich statt. Michael hatte einen Tisch bei

Lalonga für das Essen nach der standesamtlichen Trauung bestellt. „Herzlichen Glückwunsch Familie Milger", begrüßte Robert sie lautstark und umarmte seinen Freund. Evelyn gab er die Hand. „Alles Gute Frau Milger". „Nennen sie mich doch einfach Evelyn " bat sie Herrn Lalonga. „Aber gern, Evelyn, ich bin Robert."

Am Tisch gegenüber saß Rechtsanwalt Dr. Siebert mit einigen Kollegen. Als der Rechtsanwalt den Namen Evelyn hörte unterbrach er sein Gespräch und schaute zu den Milgers herüber. Evelyn nickte ihm einen kurzen Gruß zu, er grüßte zurück und überlegte, wo er dieser Frau schon einmal begegnet sein könnte. „Meine Tarnung ist perfekt", freute sich Evelyn und dachte einen kurzen Moment daran, sich zu erkennen geben. Sie atmete tief durch und suchte nach den richtigen Worten, doch dann verwarf sie den Gedanken schnell wieder, ihr Hochzeitstag war nicht der richtige Zeitpunkt für die Enthüllung ihrer Identität.

*****

„Wir müssen uns so langsam Gedanken darüber machen, wie wir unsere 100-Jahr-Feier gestalten wollen", meinte Inge beim Abendessen.

"Hundert Jahre?", fragte Peter. „Ja, das Hotel wird im nächsten Jahr 100 Jahre alt. Das müssen wir feiern, meint ihr das nicht auch?"

„Und wir dürfen auch mit feiern!" freute sich Kläuschen.

„Das ist doch klar. Ihr seid doch die Hoffnungsträger, die das Hotel ins nächste Jahrhundert führen sollen."

„Ich habe mir überlegt, eine Bilddokumentation über die einzelnen Jahrzehnte zu machen. Material dafür haben wir im Überfluss. An Einladungen müssen wir auch langsam denken. Wen laden wir ein und wen müssen wir einladen?"

„Die Jäger auf keinen Fall", warf Gerd ein. „Mehr als 100 Gäste würde ich nicht einladen. Wir gehen in den nächsten Tagen unser Gästebuch durch, um eine Auswahl zu treffen."

„ Die Vertreter der Stadt würde ich ja gerne übergehen, aber die Herren dürfen wir nicht verärgern, schließlich brauchen wir sie noch."

*****

HRT - Heimbacher Rümpchen Tage, diese Veranstaltung hatte Bürgermeister Mommser ins Leben gerufen und ein ganz besonderes Event daraus gemacht. Um das Geschäftsleben in der Stadt zu beleben, hatte er ein Fest mit Volksmusik und populären Sängern arrangiert. Davon versprach er sich mehr Einnahmen für das Stadtsäckel und die Gewerbetreibenden als von den abgehobenen Konzerten. Die Hauptverkehrstraße wurde auf einer Länge von 2,5 km für den Durchgangsverkehr gesperrt, damit die Besucher ohne Autoabgase und

Motorradgeknatter über die Festmeile flanieren konnten. Eine Bühne wurde vor dem Rathaus aufgebaut und alle fünfzig Meter ein Rümpchen-Probierstand. Im gleichen Abstand wurden Banner mit der Aufschrift „Heimbacher Rümpchentage" über die Straße gespannt.
Am letzten Wochenende im September wurde das neue Heimbacher Event aus der Taufe gehoben.

Bürgermeister Mommser hatte die Schirmherr-schaft für die Veranstaltung übernommen und zur Eröffnung eine launige Rede gehalten, die er mit dem Rümpchen-Rap beendete. Er wusste, dass er gut gewesen war und war stolz auf sich. Die Zuhörer johlten und verlangten nach einer Zugabe. Er aber winkte bescheiden ab. "Ich habe noch andere Verpflichtungen und gebe die Bühne frei für das Kinderballett des Karnevalvereins und das Musikcorps unserer Stadt." Die Musiker und Tänzer sollten in der nächsten halben Stunde das Publikum unterhalten und begannen ihr Programm mit einem volkstümlichen Arrangement von Schuberts Forel-lenquintett.

Michael und Evelyn Milger hatten an einem Tisch vor der italienischen Eisdiele Platz gefunden und beobachteten von dort aus das Geschehen. Evelyn löffelte aus einem blauen Glasbecher ein Joghurt-Eis mit Früchten und Michael tauchte auf einem kleinen Löffel ein Stück Würfelzucker in seinen Espresso bis es voll gesogen war und ließ den

Würfel dann genüsslich auf der Zunge zergehen. Gleich neben ihrem Tisch war ein Probierstand aufgebaut, der von vielen Menschen umlagert war. Ein Angestellter der Stadt verteilte an die Kinder Papierfähnchen und bunte Luftballons, die mit dem Heimbacher Wappen bedruckt waren, den Erwachsenen bot er die Rümpchen an.

Ein Kameramann von der aktuellen Stunde des WDR filmte das Geschehen auf der Bühne. Ein Reporter begleitete ihn und befragte die Passanten auf der Straße nach ihrer Meinung. „Haben Sie die Rümpchen schon probiert?", wollte er von einem jungen Mann mit fremdländischem Aussehen wissen.

„Armes Deutschland, kleines Fisch, bei uns große Fische", entgegnete dieser lachend und deutete mit weit ausgebreiteten Armen die Größe der heimatlichen Fische an. „Aber lecker!"

„Und Sie?", wandte der Reporter sich an den Nebenmann.
„Ich bin Vegetarier und esse keinen Fisch", meinte dieser. „Mein Freund hier hat sie probiert."
„Ja, man kann sie essen, aber zum Sattwerden reichen selbst 3 Portionen nicht!"
Der Kameramann schwenkte seine Kamera von der Bühne zu den Zuschauern hinüber und nahm eine ältere Dame ins Visier, die von dem Reporter befragt wurde.

„Natürlich kenne ich die Rümpchen. Mein Großvater hat von seinem Großvater erzählt, dass der die Fischlein mit seinem Pferdefuhrwerk bis nach Köln gebracht hat. Das war ein Tagewerk, sag ich Ihnen. Im Winter ist er einmal in den Graben gerutscht. Gott sei Dank war der Boden so fest gefroren, dass er die Ladung trocken bergen konnte und die Fuhre unbeschadet in Köln ankam."

Die Frau bemerkte jetzt erst, dass eine Kamera auf sie gerichtet war.

„Nehmen Sie das etwa fürs Fernsehen auf?"

„Ja, stellen Sie sich doch bitte etwas näher an den Probierstand unter das Banner", forderte sie der Kameramann auf. Die alte Dame stellte sich in Positur.
"Ist es gut so?"

„Prima"

„Meine Familie wird stolz auf mich sein, wenn sie mich im Fernsehen sieht."

Evi und Micha beobachteten amüsiert die Szenerie
"Wie spät ist es jetzt?"
Micha schaute auf seine Uhr.
„Wir sollten uns auf den Weg machen."

*****

Sie betraten die Eingangshalle der alten Sägemühle, in der Inge eine kleine Ausstellung arrangiert hatte.

Quer durch den Raum waren Ständer aufgestellt mit Bildern, die die Zeit von 1919 - 2019 umspannten und den Wandel der alten Sägemühle von einer einfachen Gaststätte zum Luxushotel zeigten. Inge hatte die Zusammenstellung der Bilder und Dokumente übersichtlich nach Jahrzehnten geordnet und mit Erklärungen versehen, es war eine ansprechende Dokumentation zustande gekommen. Die letzten Jahrzehnte konnte sie umfangreicher und persönlicher gestalten, weil ihr wesentlich mehr Bild- und Textmaterial zur Verfügung stand als aus den früheren Jahren.

Evelyn und Michael sahen sich sehr aufmerksam die Plakate an. „Gut gemacht", lobte Micha die Dokumentation.

„Schau mal, auf diesem Bild bist du ja auch zu sehen", freute sich Evi.

Michael schaute sich das Foto an und tippte auf die Fernsehstars Brille und Pralle, dann auf den Erzbischof und meinte: „Diesen Herren verdanken die Rümpchen ihren Erfolg."

„Ich bin gespannt, was Inge und Gerd zu deinem Drehbuch sagen werden."

Sie gingen weiter zum Saal, in dem die Festgesellschaft versammelt war. Der Vorsitzende des Hotel- und Gaststättenverbandes überreichte in diesem Moment gerade dem Senior Onckel und seiner Frau die Anerkennungsurkunde für ihr langjähriges Engagement im Ortsverein Heimbach. Inge und Gerd erhielten eine Ehrenurkunde zum hundertjährigen Bestehen des Hotels. Es wurden auch zwei Mitarbeiter geehrt, der Patissier und die Hausdame. Beide taten schon seit 25 Jahren in der alten Sägemühle gewissenhaft ihren Dienst.

Inge bedankte sich bei allen Rednern und Gratulanten und lud ihre Gäste zum Imbiss in den Wintergarten ein.

„Bevor ich es vergesse, den blauen Salon haben wir in ein kleines Museum verwandelt, das Peter und Klaus jetzt für Sie öffnen werden." Die beiden stürmten mit dem Schlüssel zum besagten Raum und öffneten stolz die Flügeltüren.

Ein Teil der Gäste sah sich sofort die Ausstellung an, aber die meisten stürzten sich zuerst auf das Büffet.

Mit viel Liebe hatte Inge, was im Keller an Altertümchen aufbewahrt wurde, zusammengetragen.

Peter und Kläuschen gingen gleich auf den Tisch zu, auf dem alte Büromaschinen aufgebaut waren, eine Schreibmaschine aus den 30er Jahren, eine Rechenmaschine, die ebenso alt war und eine Schreibtischgarnitur aus Marmor mit Tintenfässchen und Federhaltern. An alte Zeiten erinnerte auch ein schwarzes großes Telefon, dessen Hörer quer auf der großen Gabel lag.

Peter hatte es auf den Matrizendrucker abgesehen. Mit dieser Maschine wurden bis in die achtziger Jahre die Speisenkarten gedruckt. Der Großvater hatte die Maschine wieder betriebsbereit gemacht. Glücklicherweise hatte er noch die dazu gehörenden Matrizen gefunden. Eine beschriebene Matrize hatte er auf die Rolle gespannt, unter der das zu bedruckende Papier lag. In die Rinne vor der Rolle wurde etwas Spiritus gegeben, mit dem das Papier leicht benetzt wurde. Mit Hilfe einer Kurbel wurde die bespannte Rolle von Hand gedreht, und zum Bedrucken über das Papier geführt. Den Kindern machte die Kurbelei großen Spaß.

„Wir freuen uns, dass Sie heute zu uns gekommen sind, um mit uns zu feiern und wünschen Ihnen noch einen schönen Abend. Bleiben Sie uns treu. Ihre Familie Onckel "

stand auf den Blättern, die sie druckten und an die vorbeikommenden Gäste verteilten.

Den langen ovalen Tisch hatte Inge je zur Hälfte für eine Kaffeetafel und ein Festessen eingedeckt.

Inges Großmutter hatte Kaffeegedecke gesammelt, bunte, kobaltblaue und schlichte mit Goldrand. Es war eine farbenfrohe Tafel geworden. Alte Kaffeekannen hatte Inge ebenfalls dazwischen verteilt. Eine Kanne hatte sie mit einem Tropfenfänger versehen, der mit einem Porzellanschmetterling geschmückt war. Unterschiedliche Mokkatassen befanden sich auch auf dem Tisch. Eine Rarität war auch dabei, ein Tässchen des Deutschen

Wirtevereins, das anlässlich der 50. Jubeltagung 1925 in Breslau von der Königlichen Porzellanmanufaktur in Berlin hergestellt worden war.

Auf der anderen Seite des Tisches konnten die Gäste edle Gläser, Teller mit Goldrand und dazu passende Schüsseln und Saucieren bewundern. Das Silberbesteck wurde früher täglich gebraucht, in neuerer Zeit nur zu besonderen Anlässen. Inge hatte es nie gerne benutzt, manche Speisen schmeckten einfach nur eklig, wenn sie mit Silber in Berührung kamen. Messerbänkchen aus Kristall kamen auf der Tafel auch wieder zu Ehren.

Kläuschen hatte einige Blätter bedruckt, jetzt war Peter wieder an der Reihe und Kläuschen beobachtete die Gäste, die neugierig die Schätze aus vergangener Zeit begutachteten. Ein Herr fiel ihm auf. Er trug einen auffälligen Siegelring am Mittelfinger der rechten Hand und betrachtete ganz intensiv das Silberbesteck. Kläuschen entging nicht, dass der alte Herr ein Fischmesser in seiner Hosentasche verschwinden ließ.

„He, geben Sie sofort das Messer wieder her oder ich rufe die Polizei". Der Mann reagierte sofort und legte das Messer auf den Tisch zurück.

Inzwischen besuchten auch Evi und Michael die Museumsstube.

In einer Ecke des Raumes hatte Inge ein Bett mit hohem Fußteil und einem noch höheren Kopfteil aufgestellt. Evi und Frau Beuscher bestaun-

ten die mit Spitze und Stickerei versehene Bettwä-
sche.

"Wie gut, dass das Bettenmachen mit den Bett-
bezügen heute viel einfacher geht. Es muss ja eine
Ewigkeit gedauert haben, bis man diese Überschlag-
laken an die Decke geknöpft hatte. Und diese
komischen Knöpfe!", wunderte sich Evi, die die
rote Steppdecke angehoben hatte und wieder glatt
zog. " Schauen Sie mal, das dicke Kissen hier hat die
gleiche Spitze wie das Tuch an der Bettdecke."

Evi wandte sich dem Tisch zu, auf dem Küchen-
utensilien ausgebreitet waren, die allesamt mit der
Hand betrieben werden mussten, Kaffeemühlen,
klobige Bügeleisen und ein Waffeleisen mit langen
Griffen. Das einzig elektrische Gerät war ein Mixer
von Bauknecht aus den fünfziger Jahren des vorigen
Jahrhunderts.

Gerd hatte Michael bei den Büromaschinen entdeckt und begrüßte ihn dort.

"Ich habe dich schon vermisst, warum seid ihr so
spät gekommen?"

"Wir haben uns erst noch in den Rümpchen-
Rummel gestürzt, der Bürgermeister hat sich ja
mächtig angestrengt mit dieser Veranstaltung. Ihr
habt euch aber auch richtig ins Zeug gelegt. Diese
Ausstellung ist wirklich gelungen und sollte
dauernd hier bleiben."

"Daran haben wir auch schon gedacht", entgegnete
Gerd, "aber wir müssten sie ständig überwachen.
Ich kann mir vorstellen, dass einige Teile bei Samm-

lern beliebt sind und schnell verschwinden werden."

„Dann müsst ihr eben einen Detektiv engagieren", lachte Micha.

„Ich könnte das machen", mischte sich Kläuschen ein, „ vorhin habe ich einen Dieb erwischt. Der Herr dahinten wollte ein Messer klauen." Er zeigt auf den Dieb, der gerade eine lange Pfeife betrachtete, deren Porzellankopf mit einem Jagdmotiv versehen war. Gerd kannte diesen Mann, er war ein Mitglied des Angelvereins.

„Siehst du, Micha, wenn schon geladene Gäste nicht die Finger von unseren Altertümchen lassen können, wie unverschämt werden dann Fremde klauen. Vor unliebsamen Überraschungen ist man nie sicher."

„Ich habe eine angenehme Überraschung für dich." Micha war froh, dass er endlich die Gelegenheit hatte, mit Gerd zu sprechen. Er hatte sich schon den ganzen Tag auf diesen Moment gefreut. Ganz bedächtig zog er einen Brief aus seiner Jackentasche und gab ihn Gerd.

Gerd öffnete den Umschlag, holte das Schreiben heraus und las es flüchtig durch. Ein Lächeln huschte über sein Gesicht.

„Das müssen wir sofort Inge zeigen. Sie hilft heute im Restaurant."

Inge räumte gerade leere Platten und Schüsseln vom Büffettisch ab, als Gerd mit Micha den Raum betrat.

„Hallo Micha, ich habe euch schon vermisst", begrüßte sie die beiden. „Wenn ihr noch etwas vom Büffet haben wollt, müsst ihr euch beeilen."

„Wir wollen dir erst etwas zeigen, komm' doch bitte ins Büro." Gerd lächelte verschmitzt.

„Ja, ich bringe das hier nur noch schnell weg", entgegnete Inge und verschwand in die Küche. Kurze Zeit später kam sie ins Büro. „Was habt ihr mir denn mitzuteilen?"

„Am besten setzt du dich erst mal", bestimmte Gerd.

„Ist das so umwerfend, was ihr mir zu sagen habt?", wunderte sich Inge. Gerd gab ihr das Schreiben. Sie las und schwieg.

Sie schwieg lange Zeit, dann brachte sie überwältigt immer wieder die Worte hervor: „Das kann doch nicht wahr sein! - Das ist doch nicht wahr!! - Nein!!"

Inzwischen war auch Evi ins Büro gekommen. „Was kann nicht wahr sein?" erkundigte sie sich scheinheilig.

„Michael hat ein Drehbuch über Rolf und seine Rümpchen geschrieben."

„Ach ja?" Evi spielte die Ahnungslose und hakte sich bei Michael ein.

„Er hat auch schon einen Produzenten in Köln gefunden", erklärte Gerd. „Der hat die Story so gut gefunden, dass er sich spontan für die Verfilmung entschieden hat. Hier ist der Vertrag." „Nein wirklich?" Evi täuschte weiter lachend Unwissenheit vor.

Inge fiel Michael um den Hals
„Du bist mir einer!! Warum tust du das alles für uns?"
„Ich tu es für Rolf."
Evi hielt Michas Hand und schaute verlegen zu Boden. „Bitte nicht weiter von Rolf reden", wünschte sie sich. "Es ist doch alles vergeben und vergessen." Micha drückte ihre Hand.

„Du hast Rolf doch nur einmal gesehen und gar nicht richtig gekannt", wunderte sich Inge.
„Viele Heimbacher haben Rolf für einen Spinner und weltfremden Träumer gehalten, aber ich habe in ihm einen Visionär und Idealisten erkannt, der Unterstützung verdient hat. Ich habe ihm meine Unterstützung zugesagt. Mein Versprechen habe ich gehalten. Und jetzt habe ich Durst."
Inge reagierte sofort.
„Den heutigen Tag müssen wir mit einem ganz besonders guten Tropfen feiern. Kommt!"